東京1998私小說

心井·新井

新井一二三◎著

【新版自序】

幸福的中文作家

新井一二三

人生充滿驚喜，叫人衷心感恩。這可是我作為寫作人，連想要都不敢想要的回報：二十年前，我在台灣出版的第一本書，時隔這麼多年，竟然跟第二十七本書一起，以新裝見到老讀者、新讀者。

當時，我剛結束長達十二年的世界漂泊，回到家鄉東京，開始經營小家庭，對自己將來的事業發展，心裡根本沒有數。早幾年，在香港開始的中文書寫工作，回到日本以後，到底能否繼續下去，當初只是一個大問號。然而，中文之神，一直善待我這個日本中文迷。一方面有媒體約稿；另一方面有出版社替我出書。尤其跟同一家大田出版社，繼續合作整整二十年，年復一年有新書問世，該可以說是相當少見的幸運。

寫書的歷史很久很久。不過，我們這一代寫作人在有生之年遇上了大轉變。首先，爬格子變成了打鍵盤。交稿途徑，也從見面、郵寄，變成了傳真、電郵。若沒有這些技術革新，我能否一樣當上定居東京的中文作家，實在很難說了。國際網路的發展把原先昂貴的越洋通訊費減低到無限接近零，至少在把稿子發給東京編輯和台北編輯之間，沒有了費用上的區別。只是，俗話都說好事多磨。網路的發展迫使出版業面臨存亡危機。電子書籍的出現，一方面讓讀者容易接觸到空前多種的數位內容，另一方面使歷史悠久的紙本書變為稀少品種，到底能否長期生存下去，不讓人樂觀。正因如此，我對這本《心井・新井》重新出版，加倍感到高興、難得。

常說，一個作家的潛力，都呈現在第一本書裡。這次重新細讀自己二十年前寫的文章，我驚訝地發現：二十年後，在第二十七本書裡寫的內容，似乎有一半已經在第一本裡寫過。從三十幾歲到五十幾歲，難道我沒有變化、成長？一方面可以說：跟從十幾到三十幾的二十年比較，中年人的變化、成長確實不明顯。另一方面，我都覺得：這好像是所謂的「螺旋狀」發展或說深化吧。走螺旋狀樓梯，每隔一段時間要回到在平面看來同一個位置，可實際上，所在的高度或者深度是不一樣的。

這本《心井・新井》由四十多篇兩千字的散文組成，正確反映著當年《中國時報》人間副刊〈三少四壯集〉的形式。大多數台灣書迷是在那裡認識我的。正如香港以及海外的讀者在《九十年代》月刊上認識我；中國大陸的讀者則在《萬象》月刊上認識我一樣。也許外行人不大知道，可是每篇文章引起讀者的注意之前，一定有編輯默默下的工夫。有了一疊原稿以後，成為一本書擺在書店架子以前，也一定有編輯默默吃的苦。也就是說：光有作家，書是不能存在的：有編輯當助產士或保母，作品才會擁有生命，並且健康地活下去的。最近在網路上「偽新聞」氾濫，就是網路上沒有責任編輯當門衛所致。

我說，當年寫〈三少四壯集〉，編輯最初是楊澤，後來是焦桐、劉克襄，很多台灣朋友驚訝地問道：怎會那麼奢侈？這個呢，除了我本人正如前面所說，蒙受中文之神保佑以外，千禧年前後的台灣新聞界、出版界確實充滿活力，輩出了人才的，希望有當地作家寫成一本書好好兒記錄下來。另一方面，我跟大田出版社長達二十年的合作，除了人和以外，也有天時和地利的因素。我開始寫〈三少四壯集〉的時候，原先在皇冠出版社做事的幾個年輕女編輯，剛剛在晨星集團下創立了大田後不久。她們是台灣解嚴以後出社會，真正擁有了就業自由的第一代女性吧。有了那麼個歷史環境，我的文章也才能在台灣結集成書，獲得長久的生命。

能夠從台灣大田出書，我在幾方面都感到幸運。首先，在台灣，書的生命比在日本長。當我告訴日本出版界人士，我在一九九九年以後在台灣出的書，今天每一本都仍然買得到，人家無例外地驚訝，因為在日本，書的生命短得多，除非是暢銷書，很多都在幾年內給送去裁斷成紙漿。其次，我本來在不同的媒體上發表的文章，在台灣結集成書以後，才有可能被對岸的編輯注意到，出版簡體字版。上海譯文出版社刊行的新井一二三文集共十冊，都以台灣大田版為底本的。

回顧過去二十年的事業道路，我早就是很幸福的一個作家。可是，這次，《心井・新井》以新版刊行，感覺猶如收到了意想不到的紅包一樣，既驚訝又快樂，感激至極。我不是小說家，而是專門寫散文，在商業媒體上發表的。跟純文學作品或者學術著作相比，恐怕很多人以為不足為道。但是，我本人卻偏偏喜歡把生活中的小事寫成散文，通過各地的大眾媒體，跟不同地方的讀者們分享。從這個角度來看，在台灣出版中文散文集，簡直實現了我的事業理想。如今，第一本書《心井・新井》以新版進入第二輪，作品壽命給延長，多麼難能可貴。再說，這一營運是我當年在書中一篇文章〈陰影〉裡，預告日後將要發展的主題即「母親的陰影」，過整整二十年以後，終於成為一本書《媽媽其實是皇后的毒蘋果？》所帶來的附加獎品呢。我實在感慨無量。

我特此感謝過去二十年來幫我寫文章、出書的各位編輯，也感謝買書看文章的各位讀者。我都不可忘記感謝這些年頭一直允許我用他們看不懂的外文寫文章出書的老公和兩個孩子，以及從天上保佑我的中文之神。感恩！

【推薦序】

「私小說」的味道

日本國立東北大學文學博士　林水福

一口氣看完一本由專欄集結而成的書籍，在我來說，是少有的經驗。新井的文章，雖為專欄而寫，卻毫無說教意味，如她自己所說有「私小說」的味道。不錯，她每一篇文章，彷彿都是一篇篇生動、活潑、有趣的極短篇小說。

從自己及周遭人的生活的點點滴滴談起，正是私小說的寫法，因此，內容絕對「有料」，絕無空泛之感。

另一方面，由於作者旅居大陸、加拿大、香港，筆下自然流露的文化批評，有其獨特之處；往往到文章的最後一句才點出作者的意旨，或來個大逆轉，頗有井上靖散文詩的味道，餘韻十足，耐人尋味。

【推薦序】

人間大觀園

名作家　吳淡如

東京郊外的日本人，卻用中文寫作，這是一件有趣的事，但更重要的是，新井一二三的文字真的不錯，閱讀新井一二三，有如進入人間大觀園，而新井竟像好心的王熙鳳，有練達的人情視野，就算對這個世界疲憊，也會使上氣力，說出好聽的故事，她沒什麼大道理，卻有一種撥開重重迷霧後的洞見，如果世界是一個沙灘，她已揀拾了人間情愛的貝殼，透過這些貝殼，你不會只看見一個世界，而是一個又一個，讓你喟嘆再三的人情故事，然後突然忘記，新井一二三是一個日本人。

【原序】

漂泊的視野

新井一二三

平生第一次做單獨旅行，是我十五歲時候的事情。

學校一放秋假，我就揹著布包，穿著籃球鞋，自己上了開往日本海的夜車。在古城金澤下車以後，花一個星期周遊了能登半島。白天從公車窗戶看陌生的小鎮，每晚在不同的青年宿舍住，跟外地來的年輕男女交上朋友，第二天早上揮手道別時，眼睛含著淚水。

我從此癮上了旅行；一回到家就打開地圖計畫下一次的旅程。對我來說，尤其過癮的是邂逅和告別的苦甜味。

上了大學以後，我發現了新的天地。大學二年級的夏天，第一次去了中國，便給廣闊的大陸迷住了。從一九八四年到八六年，在北京外國語學院和廣州中山大學留學的兩年裡，我利用假期以及本來應該上課的時間，到過雲南、西藏、青海、內蒙、東北、沿海各地、海南島……，幾乎走遍了全國。在當時的我看來，不旅行就是浪費人生，對不起上帝似的。

回到日本以後，做了半年的新聞記者。但是實在不願意在小小的島國十年如一日乖乖地工作，於是乾脆移民去了加拿大。生長在古老到差不多發霉的東方，我很憧憬西方新大陸。

只是人間沒有天堂，西方新大陸並不是西方淨土。在多倫多六年半，使天真活潑的小姑娘變成眼神憂鬱的女低音。最後受不了寒冷的冬天和空曠的國土，我雙手提皮箱搬去亞熱帶的大都會——香港。

我這半輩子都靠筆維生。到了香港以後，主要用中文寫文章了。轉眼之間，我的海外生活超過了十年；曾一時想，也許再也不回日本去了，香港回歸中國以後，要去台灣？還是去歐洲好？

然而，人生重大的改變，總是在我最沒有期待的時候發生。像少女漫畫般的一見鍾情，跟旋風一樣，一下子把我拉回到東京來了。而且，從香港用船運郵寄的幾個箱子還沒有到齊之前，我就乾嘔，去看醫生，果然有喜了。

以前，常有人問我：「像你這樣在海外自由慣了的人，回到日本能適應嗎？」

這回，我要適應的還不只是日本的社會文化。過了這麼多年的海外浪子生活以後，忽然要做孕婦、產婦、甚至母親，簡直就是哥白尼式的轉變。

九八年的四月，有一天我接到了台北長途。「你最近做什麼？」，中國時報人間副刊主編楊澤問我。

「三個星期以前生了孩子。」我回答。

「其他呢？」楊澤若無其事地追問，「工作忙不忙？要不要來寫個專欄？」

我答應下來了。

剛出生的孩子需要一天二十四小時不停的照料，由於家裡沒有請保母，平時我自己帶孩子，當我執筆時，由老公代替。生活環境決定人的思想。這一年，我想的很多是關於親子、家庭等問題。結果，寫出來的文章所涉及的範圍比過去狹窄，然而感受倒是極度切身的。有讀者說，我的專欄文章像「私小說」，作為作者額外高興。

每星期一次，我關上書房的們，攤開原稿紙，用中文寫作。在隔壁房間，我兒子要麼睡著，要麼給他爸爸哄著。由書房的窗戶，我看到開往東京站的橙色列車。……好久沒有去市區了。帶著孩子，平時的日子都在郊區過。曾經酷愛都會生活的我，如今在清靜的住宅區做母親。幾年前，我哪能想到……？

寫出來的中文文章，在我身邊沒有人看。傳真到距離幾千里的台北，過些時，在報紙上出現以後，偶爾有讀者來信告訴我感想。我自己連東京市區都沒有去，文章卻遠道而走，竟能跟未曾見面過的台灣讀者有心靈上的交流。這種經驗，不是人人都會有的，我真是幸運。在此感謝楊澤當時果敢地給產婦開個專欄。

現在集結成書，能有更多的讀者，我要感謝大田出版社的莊培園小姐和她的同事們。知道他們在台北看我的文章，對我是很大的鼓勵。

目錄 contents

【輯2】新井的朋友

【輯3】生命的郊區

【輯4】日本的青空

【輯1】心井在東京

姥姥

我姥姥不僅自己去首都做個職業女性，而且大談自由戀愛。

自從我姥姥去世，已經有十二年了。

她是一九一一年出生的，跟辛亥革命同一年，在日本則是明治四十四年。

姥姥的故鄉千葉縣，今天算是東京郊區，八十多年前倒是很偏僻的地方。她讀完小學四年級，便開始跟父母兄姐一起勞動，在當時的農村算是理所當然的事情。

雖然是個鄉下的女孩子，她很嚮往都會生活。有一天她在雜誌上看到一則美容祕訣：在臉上塗無花果的樹液，皮膚會變得很白。於是她花好幾天的時間，一滴一滴地收集了無花果的樹液。有一個晚上，睡覺以前，終於把那液體塗在臉上，她深信翌日早晨睜開眼睛時，自己已變成一個美女。

未料，天還沒亮之前，她已經醒過來，整個臉都痛得要命，是叫樹液咬了的。後來的幾天，她的樣子變成怪物一般，離想像中的美女有一萬八千里。

失敗了一次，她不肯放棄作「摩登美女」的夢。十五歲那年，她一個人離開家鄉，老遠跑到東京去了。

在東京，她先住在江戶川區的親戚家。當年，城裡人都去公共浴池洗澡。姥姥也去了，但是鄉下人不懂怎麼樣用澡堂裡的自來水。

「沒辦法，我只好偷別人的水了。那是多麼尷尬的經驗！」幾十年後回想時，她仍然皺著眉頭。

不過，住在東京，她很快就成為十足的「摩登女人」了。在兩三年裡，她拿到汽車駕駛證，是全東京第十三名的女司機。不久，她當上了公車上的售票員。姥姥後來告訴我說，那個年代的汽車售票員是比二戰後的空姐還要「摩登」的。

大概在那一段時間裡，姥姥有一次穿著純白色的成套西服，戴著大帽子回到老家。鄉下的人從來沒看過那麼「摩登」的服裝，看到她變成都會女人，大家都非常吃驚，姥姥則是得意洋洋。

一九二〇年代，即日本的大正時代到昭和初期，是相當自由的年代。我姥姥不僅自己去首都做個職業女性，而且大談自由戀愛。她的對象是一起工作的公車司機。後來他們結婚，有了兩個女兒。

我沒見過外祖父，因為我媽媽還小的時候，姥姥已經跟他離婚，把大女兒留在婆家，拉著小女兒（我媽媽）的手，她跟別的男人再婚，不久又有了一個女兒。

可是，姥姥的第二次婚姻也沒有維持多久。據我媽媽說，第二任丈夫是給姥姥「踢走」的。

戰爭剛結束的時候，離過兩次婚的單身女人自己把兩個女兒養大，應該是很辛苦的。多年後，姥姥回想那個年代說：「當時，為了生活、為了把孩子養大，我得什麼都做。而的確，除了殺人和偷東西以外，我什麼都做了。」

我懂事的時候，姥姥已經五十多歲，早已退休，悠閒度日。她有一點房產，生活靠房租。可是她本人，戰後四十多年都住在租來的木造房子，沒有洗澡間，廁所也是要掏糞的那種。

她一輩子都沒變成美女，但是性格很豁達，朋友很多。我小時候，每次去她家，一定見到很多阿姨。她們拿起三味線（日本三弦），打開嗓門大聲唱歌，熱鬧得很。我長大以後才發覺，那些寡婦們唱的，其實不少是「春歌」一類的。

直到七十歲左右，姥姥都一個人生活。後來她搬去我小阿姨家一起住，是房東要求騰出房子的緣故。

一九八五年夏天，我在中國大陸念書的時候，姥姥跟我父母弟妹一塊兒來看我。在上海機場看到姥姥的臉，我差一點就笑了出來，因為她把整個臉都塗白了。

「妳不是在電話裡說上海很熱嗎？我才不要曬黑呢。」姥姥說。我想起，從小聽過很多次的，她年輕時把無花果樹液塗在臉上的故事。

那是最後一次我跟姥姥一起旅行。第二年秋天，姥姥去世，享年七十五。至今十二年，我都很想念她。

小阿姨

姐妹倆有那麼不同的個性，也許是天生的，也可能是環境造成的。

小阿姨是昭和十七（一九四二）年出生的。那是太平洋戰爭開始後的第二年。戰時出生的孩子，她名字卻叫和子。

我母親小時候，姥姥跟老爺離婚。後來和第二任丈夫生的女兒，是和子小阿姨。

也就是說，她和我母親是異父同母的姐妹。然而，小阿姨自己一直不知道這事實。直到十二年前姥姥去世，才真相大白。

過了四十歲方知道自己的身世，小阿姨理所當然地受了震驚。尤其她和二姐（即我母親）從小很要好，怎麼可能是異父的？

別人能瞞她那麼長時間，主要因為，她懂事的時候，連第二任丈夫都早已給姥姥「踢走」了。所謂異父，兩個都不在舞台上，姥姥自己不會對小女兒詳談其所以然。至於我母親，當和子小阿姨出生時已經七歲，整個情況都明白。可是，我母親非常害怕姥姥，絕對不敢得罪她。於是她也不告訴小阿姨兩個父親的故事。

四十多年蒙在鼓裡，另一個因素是大家都很疼愛小阿姨，不想傷害她的感情。

和子小阿姨個子很矮，身體肥胖，聲音好大，性格開朗。她的個性跟向日葵一般，有她的地方，必有笑聲。雖然不是美女，和子小阿姨特別討人喜歡。

若說小阿姨是太陽，我母親好比是月亮。其實她身材比小阿姨苗條，長得也好看；可是她的個性總是跟「淒」字分不開。

姐妹倆有那麼不同的個性，也許是天生的，也可能是環境造成的。

據我母親說，姥姥年輕時，不僅是很嚴厲的家長，而且脾氣特別壞。

「一生氣就拿菸袋猛打手背。」我母親說。

「我小學時候的一個新年，妳姥姥給我做了一件和服。當時我們家很窮，做一件新衣服不容易，更何況絲綢的和服。我穿上了之後，高高興興地跟朋友們出去，在野地跑呀跑，一不小心，掉進糞桶了。花很多錢做的新衣服，沒穿幾個鐘頭就糟蹋了，妳姥姥生氣極了。像抽陀螺般轉著我解開腰帶，罵我罵個不停。然後，把赤裸裸的我拉到院子去，邊打我，邊用冰涼的井水洗我的全身。那是大冬天，我簡直凍死了。妳姥姥實在凶暴。」

我小時候，母親經常講這個故事，作為姥姥對她殘酷的證據。兒時的我，一聽就覺得非常可怕。現在倒不能不發現個中的幽默。

反正，姥姥對我母親很嚴酷，對於比她小七歲的小阿姨，雖然很嚴厲，但同時很寵愛。

離過兩次婚的單身女人自己養活兩個女兒，姥姥要整天都不停地工作。結果，照顧小阿姨成了我母親的任務。「我放學回來，就要背上和子。跟朋友們去玩，背後總是有娃娃，很多遊戲我都不能參加。」她說。「帶和子去公共浴池也是我的任務。她從小胖嘟嘟，妳姥姥又給她穿好衣服。在公共浴池，有些人問我是不是繼女，受後母虐待的，和子才是她的親生寶貝。」

被我母親一手抱大，和子小阿姨非常愛慕她二姐。到了七、八歲，她就自命為二姐的衛隊長，有人來戲弄二姐，做妹妹的絕對不原諒。

姥姥嚴厲地管束兩個女兒，產生的效果卻是反面的。長大以後，她們都不聽從母親之命，個個跟自己喜歡的男人私奔去了。和子小阿姨的對象更是沒有正當職業的小流氓，姥姥傷心至極。

我剛懂事的時候，小阿姨才正式結婚，她丈夫改惡從善，跟姥姥也和解了。之後，小阿姨夫婦和兩個孩子一直住在姥姥蓋的房子。我小姨夫不是上門女婿，但是實際上，他們一家的生活以姥姥和小阿姨兩個人為核心。

從小我有一種感覺：我母親對姥姥，雖然禮貌，但是不親近；小姨對姥姥，倒完全放鬆，隨心撒嬌，也完全依賴。姥姥對兩個女兒的態度也有所不同，跟我母親之間，總是有點距離；對於小阿姨，卻自然地愛護。

我母親的性格很複雜；但是在小阿姨面前，她永遠是好人、好姐姐。如今姥姥不在了，就這一點，我母親沒有變。

陰影

為了逃避陰影而開始寫文章，我總有一天要寫那陰影本身。

在好萊塢片《Pretty Woman》裡，男主角對女主角說：「為了能夠跟父親說『我恨你』，我付了心理療法師一萬美金。」

我沒有花那麼多錢，大概才一半而已。也許是這個緣故吧，我至今未能跟母親說那一句話。

當然，電影跟現實不同，美國跟日本也不一樣。如果我真的說出來，恐怕不會解決任何問題，反而要帶來更多麻煩。所以，我不能說也罷了。

我去看那個猶太療法師，本來是為了解決我當時所面對的、人際關係上的矛盾。可是，不久，矛頭就指向我母親了。之後的將近一年裡，我每個星期一兩次，跟他說說小時候的、圍繞著母親的記憶。

花那麼多精力、時間、金錢，到底有沒有效是很難說的。而且，我跟那個心理療法師的關係，最後在很不愉快的情況裡結束。不過，他說過的一些話，確實讓我更好地理解自己。

譬如，他說：「從小喜歡寫文章或畫畫的孩子，往往因為現實生活太難堪，於是要逃避到另外一個、別人不能來干涉的世界裡去。」

我自己從小喜歡寫文章。想想小時候的情形，他似乎說對了。長大以後，我都一直寫文章，這些年來，又主要用外文寫作。

幾年前，我在香港出了一本書，被請到當地一家電台做節目嘉賓。主持人問我：「妳為什麼不用日文寫，而用中文寫呢？」

我忽然想起了那個猶太療法師說過的話，回答道：「因為我母親看不懂。」主持人以為，我不想讓母親看到文章裡談的、涉及到我私生活的內容。實際上，我所指的並不是具體的內容，而是更廣大的，我能夠自由地呼吸並思考的空間。

其實，我去海外各國生活，說穿了，就是為了逃避母親，也是為了尋找自由的空間。只是，母親比我厲害得多。有一次，我在加拿大遭受困厄，心情低落到極點時，她抓緊機會打來電話宣告：「妳不要回國啊。」從此，我的自我放逐變成流刑。

當時，在一個酒會上，有位老哲學家問我：「妳準備在這裡待到什麼時候？」我有幾分醉意，而且對方是老者，格外坦白說：「到我母親去世。」哲學家微笑著點頭說：「妳還年輕，也許不知道，但是妳這種情況，世上可多著呢。」

差不多那個時候，我開始寫關於母親的文章，先用英語寫，後來也用中文寫過一些。從來沒有用日文寫過，不僅因為我怕母親看到，實際情況更為嚴重，我是根本不會寫的。

去年夏天，我結束漂泊生涯，隔了十年終於回國，是我以老公作為盾牌回來的。如果上帝沒讓我在香港認識他，恐怕我還得流浪到別的地方去。

我自己進行特赦回國，母親雖然沒說什麼，卻有一些動作。她的所作所為實在很特別，而往往採用奇襲的方式，我自己還好早已習慣，老公當初非常吃驚。他後來開始說：「妳母親太有意思了，應該寫成小說。」

我也是這麼想的。描述一個人，尤其母親那麼親近的人，幾千字、幾萬字是不夠的。寫一本書，而且用虛構的形式，也許能夠較為立體、客觀地描述那個對我影響甚大的女人。但是現在時機還沒有成熟，大概要等到她去世以後吧。

如今我有自己的家。除了老公、兒子，還有具體的房門可以作盾牌不讓母親來干涉或放逐我。在她五個孩子當中，只有我一個人成功地贏得了獨立生活。其他四個都住在她安排的房子，用她給的錢生活。

偶爾要跟母親見面，幾天前我已開始擔心，她會用什麼辦法打擊我。那是不明顯，但很確定的、不幸的預感。記得我童年時代的日子一直罩有那樣的陰影。

為了逃避陰影而開始寫文章，我總有一天要寫那陰影本身。

家菜

廚房是女人的王國，媽媽的廚房是媽媽的王國，不准別人說三道四的。

跟大家一樣，我小時候都以為，媽媽做的飯菜全世界最好吃。

當時在家裡吃些什麼？

以馬鈴薯為主的咖哩飯啦、從商店買來現成的雞肉漢堡啦、魚肉香腸啦……現在回想，簡直有些可怖。

一九六〇、七〇年代的日本還相當窮，再說我家有五個小孩子，加上父母親，每天要填飽七個肚子，媽媽只能準備最簡單的飯菜，確實情有可原。是的，當時對我們來說，最豪華的食品是炸豬排或者烤雞腿。至於日本名菜如壽喜燒、蝦天麩羅，只聽說過，根本沒吃過。

不過，即使在那年代，有些同學的媽媽做的飯菜比較精巧。我偷看他們的便當盒，裡邊有五顏六色的小菜，味道也應該不錯吧？相比之下，我的便當永遠是老照片般的深棕色。我從來沒責難過媽媽，反而心中為她辯護：人家家裡只有兩個孩子，而且父親在銀行做事，既有時間又有錢，如果有同樣好的條件，我媽媽一定會做更出色的便當……

後來，我上高中、大學，在外頭吃東西的機會逐漸增加。原來，這個世界有數不清的食品。年輕人主要對西餐感興趣，因為它代表西方文明。接著對世界各地的風味發生興趣，反映著對不同文化的關心。

在外頭吃西餐、民族餐，回家則繼續吃媽媽做的飯菜。有一兩次，我嘗試引進新的菜式到家裡，但是沒成功。廚房是女人的王國，媽媽的廚房是媽媽的王國，不准別人說三道四的。我是她女兒，更不應該說三道四。

這一點，我母親特別頑固。每天做幾大鍋的菜，很辛苦，但是她從來沒有讓孩子們幫忙。她總是罵我們「只管吃，不會做」，卻沒教我們怎麼做。我在學校學味噌湯的做法，回家就給父母做一鍋，未料得罪了母親。她不說一句話，把我做的湯倒掉，之後自己重新做了味噌湯。

在家裡的廚房沒幫助過母親，我長大後都不會做飯。不過，二十二歲離開父母家，開始一個人過日子，我很快就會做了。一來從小在家裡吃得簡單，我對伙食的要求不高，重現簡單的飯菜又不費事；二來只給自己做，失敗了也自己吃掉就是了。

後來在加拿大生活的日子裡，我常請朋友們到家裡來吃飯。客人以洋人為主，我做東方菜敷衍場面。尤其是日本菜，大家幾乎沒吃過，只要我煞有介事地擺在桌子上，人家也只好讚揚。壽司、壽喜燒等日本名菜，我以前根本沒做過，而且在加拿大很難買齊材料，我還是常常「做」出來騙騙洋朋友。

加拿大的房子大，廚房也大，在既冷又長的冬天，躲在廚房裡做飯，其實是很好的。我去多倫多丹打士街的唐人街書店揀了一本中國食譜，順便買些材料，回家炒幾樣菜吃。其實，做飯並不難，按照食譜做，一般都會做得滿好吃。

可惜，搬去香港以後，一來廚房太小，二來外邊的食肆太多，我失去了做飯的習慣。

那個時候，我跟現在的老公要好了。人家從東京來香港看我，而且住在我家，我非得給他做飯吃不可。因為每次出去吃的是中國菜，在家要做日本菜或者西方菜。可是，日本菜呢，我只有騙騙洋人的經驗，不敢做給同胞日本人吃。

更糟糕的是，他長期做飲食雜誌的工作，不僅去過好的餐廳，也會自己動手做菜。想起第一次在香港灣仔的公寓給他做肉醬義大利麵，到現在我都出冷汗，老公卻笑個不停，因為我實在太緊張，做完就病倒了。

回到日本，有的是日本菜的材料，做日本菜的機會自然多了。我怎麼學的？是買了一本好食譜，乖乖地按程序做，結果是滿好吃的。如今我還用在多倫多買的那本中國食譜，只有我一個人看得懂，等於說裡邊介紹的全成了我的獨家菜。老公吃著說：「家裡做的最好吃。」

可不是嗎？

撒謊者

小孩子根本不知道謊話是什麼，只是淘氣，而不是撒謊。

我還沒上小學以前，母親已經決定我是個撒謊者。家中有任何可疑的事情——例如，丟了什麼東西找不到，她一定要斥責我說：「又是妳搞的鬼！」當我搖頭否認，她就說：「不僅搞鬼，而且撒謊！」

母親有一種很特別的測謊法，現在想起，我都怕得打寒噤。

「打開嘴巴，伸出舌頭！撒了謊，舌頭是要呈黃色的。我替妳看看。」她嘴邊泛著冷笑說。

我覺著委屈，一方面希望伸出來的舌頭能證明我的清白；另一方面不免擔心它萬一呈著黃色可怎麼辦。舌頭本身不會變成黃色，但是剛吃過桔子，上面的舌苔會稍微帶黃色。於是，把舌頭伸出來以前，我偷偷地用牙齒盡量除掉舌苔。

母親絕不放過我心中的不安，一看到我嘴巴的動作，她就獲了大捷一般，更加意氣高昂地說：「乖乖地把舌頭伸出來吧，撒謊者！」到了這個地步，她已經贏過一場心理戰。我則是敗軍，只好怯生生地伸出舌頭來。反正，人是看不到自己的舌頭的。母親每次都高高興興地判決道：「還是呈著黃色！妳又撒了謊！」我事後去照鏡子看，給牙齒用力刮過，舌頭滲出了點血。

據母親說，我有前科。大約四歲的時候，有一晚，我自己去上廁所，發現在水管子上掛著父親長袍睡衣的腰帶。那是夏天，廁所的小窗戶本來開著。我隨手取下腰帶，然後把它掛在外面的筧上，最後關了小窗戶。晚一點，母親問我有沒有看到父親長袍睡衣的腰帶。我說沒有。不為什麼，大概小孩子覺得好玩吧。後來我忘記了那條腰帶的事情，直到有一天母親在外面打掃時找到它，我才想起來前幾天的事情。她說：「真可怖！妳竟能撒謊這麼久！」但是她沒想到，小孩子根本不知道謊話是什麼，把父親的腰帶掛在外面裝不知道，只是淘氣，而不是撒謊。

過兩年，我快要上小學的時候，有一天無意中弄壞了體溫計。我馬上叫了母親，但是她沒在家。看著折斷的細玻璃管子和滾出來的很多水銀球，我心裡怕透了。當時日本發生工廠廢水造成的水銀中毒案件，小孩子都聽說過水銀很危險。我怕挨母親的罵，匆匆地把玻璃碴兒和水銀球掃往報紙上，整個都扔進果皮箱裡去了。稍後母親回家，問及體溫計，我搖著頭說不知道，但是沒能騙她太久。這一次，我也不是為了撒謊而撒謊的。可是在母親看來，有兩次前科的孩子，一定是徹頭徹尾的撒謊者，什麼時候都不能相信，經常要檢查舌頭的顏色。

多年以後，我跟心理醫生談著小時候的回憶，我告訴她：「母親常罵我撒謊。」

「妳經常說謊嗎？」

「好像有兩次。」

「整個童年時代只撒過兩次謊？那麼，妳是個特別老實的小孩子。」

過了二十五歲，我才知道人人都會撒謊，而且撒謊也不一定壞。可是，小時候的我，被母親劈頭斥責說我撒謊，而自己確實沒撒謊，差點兒就要鬧精神衰弱了。在我重複做的夢裡，警察要我坦白交代一切，似乎我犯了什麼罪，但是想來想去都想不起來到底做了什麼壞事。

使我更胡塗的是，斥責我撒謊的母親自己倒經常撒謊。比如說，有一天我告訴她想吃牛肉。她馬上說：「妳上次吃了以後說不愛吃的嘛。」「我們什麼時候吃過牛肉？」「咳，妳這個孩子連自己吃過的東西都不記得！因為妳說要吃牛肉，我特意買了很好的，但是妳後來說有奶油味不好吃……」我一點記憶都沒有，只好認為是母親編的。我恨不得叫她伸出舌頭給我看。

家裡的五個孩子當中，被母親定為撒謊者的只有我一個人。具有諷刺意味的是，我後來長大為一個不會說謊的人。在社會上做事，不會說謊的人說出別人不愛聽的實話，結果經常跟周圍搞摩擦鬧矛盾。一個朋友嘆著氣跟我說：「長大了！學學說謊話吧！」

生日

想記住的事情永遠留在腦子裡；想忘記的事情卻全然消失。

小時候怎麼樣過生日，我幾乎沒有具體的記憶。

我家有五個孩子，而且當時家境不很好。可是，父母很重視大家的生日，每年要開五次生日宴會，也要買五次生日蛋糕。父母過生日時，孩子們都送了禮物——這些我都記得。然而，一要想起到底吃了什麼樣的蛋糕，我自己得到了什麼樣的禮物等等細節，腦子裡的畫面就變成空白。

心理學家說，我們的記憶是選擇性的。想記住的事情永遠留在腦子裡；想忘記的事情卻全然消失。我不記得小時候過生日的細節，應該是自己寧願忘記的緣故。我屬於不幸運的多數，沒有過美好的童年。

不快樂的回憶，失去也罷了。只可惜，我還沒來得及忘記長大以後過的一次又一次糟糕的生日。

生日對我來說特別重要，因為我的名字就是生日。沒錯，我是一月二十三日出生的。把生日當作招牌，只要是認識我的人，基本上都知道我的生日。

但是，「知道」一個人的生日，和到時候是否想起來，以及要不要主動慶祝，絕對不是一回事。漫長的單身時代，最使我煩惱的就是這一點。朋友們都知道我的生日，有些人寄卡片或打電話來，也有人請吃飯，可是，偏偏「他」忘記了我的生日，或者沒做好準備。

我得指出：「他」的角色幾乎每年由不同人物擔任，但是每一個「他」都一樣會使我傷心，因為我對生日特別敏感。

其實，為了避免失望，有很多次，我事先自己安排了節目，是可有「他」也可無「他」的節目，乃請好多朋友們到家的宴會。我曾經住在多倫多書院街的老公寓，只有一個半房間的小單位，還是請了二十來個朋友。那年的「他」特別小氣，送我的禮物是兩本平裝書，遠不如當天別人送的一大束紅玫瑰。第二年我搬到離唐人街不遠的聖帕特里克街，房子大而且新，請來的朋友們也精選了些。只是，那年的「他」當晚另有約會，是跟「他」父親的。大家吃完了飯，聊天聊得差不多的時候，「他」帶父親露面了。未料，父親比「他」個子高，長得帥，而且跟我談得來。那真是悲喜交集的情況。反正，我和「他」不歡而散，跟「他」父親也沒機會再見面了。

我的生日經常很糟糕，大概是我對生日太敏感，心裡太緊張的緣故。三年前，我再也受不了生日的壓力了。當時我住在香港，為了避一下生日會帶來的精神壓力，決定去新加坡一趟，乘機見老同學。

奇怪。那年有很多人要給我過生日。離開香港的前一晚，有兩批朋友們請我吃飯喝酒。而且，第二批朋友們包括我未曾見過面的一個同行。誰會想到他就是我多年來的夢中情人，在三個月內我跟他訂婚？

如今有所歸屬，我對生日能泰然自若了嗎？

確實比以前好多了。我現在認為，生日對大人來說並不是非常重要的，跟家人安安靜靜地過就行，不必麻煩朋友相識——當然，這是有了終身伴侶後才會說的話。

儘管如此，到了生日那天，我不由地傷感起來。身邊有老公和兒子，買好了紅酒、蛋糕、鮮花，也一定會有令我滿意的禮物。到底有什麼可難過的？

想來想去，我自己都不明白。

「妳怕自己一年比一年老嗎？」老公問我。「不怕。」回答著，我在心裡想：也許，我是下意識地害怕自己總有一天要死的。

忽然間，我想起幾個朋友的臉。他們都是一個人生活的。我以前在本子上記下他們的生日，為了使朋友們高興，在生日當天打電話或親自送禮物。但是，幾乎無例外地，人家顯出為難的神色而說：「生日對我不重要。」似乎他們寧願忘記自己出生的日期。

想到生，就不能不想到死。那麼，過生日應該是很個人的活動。把生日當招牌做宣傳，看來不是好主意。

子宮

人格是要外殼的。身體是第一層的殼兒，住房則是第二層的。

妹妹剛過了三十歲生日。我本來想送禮物給她，或者至少打個電話道賀。畢竟，幾個月前我過生日時，她一早就從辦公室傳來了短信。再說，三十歲的生日對女人來說是很特別的，我有幾句話很想跟她講。但是，經過幾番考慮，我最後覺得都不方便。

我和妹妹並不是感情不好的。只是，用她曾說過的話：「我們的生活道路不一樣。」我最想離開的地方，恰巧是她最想回去的地方。

這兩年，她帶兒子回娘家住。妹夫調到外地去工作了。他們夫妻分居，說是為了妹妹的工作，也是為了他們家的經濟，但是實際上，因為妹妹不能離開母親。

直到二十五歲結婚，妹妹都住在父母家。她丈夫是大學時候交的朋友，當時妹妹經常帶他回家一起吃飯。他們結婚時找個房子住，最重要的條件就是離父母家近。「我們先不買汽車，要用娘家的。」妹妹說。婚後，他們仍經常坐在父母家的飯桌邊。區別只在於，這回吃完了飯要回另外一個家。

妹妹生孩子以前帶先生回父母家住。產後三個月，他們一家三口子霸占客廳。平時很隨和的妹夫，最後忍不住提出異議說：「我們白付那邊的房租，不是很浪費嗎？」妹妹勉勉強強同意回自己的家，嘴裡還說著：「我寧願給爸媽哄小娃娃的樂趣。」

同一段時間，大弟弟結婚，本來想帶新婦回父母家一起住。對此，妹妹極力加以反對。原來，除了樓下的客廳以外，在二樓妹妹婚前住的房間都一直給她霸占。人早已嫁出去了，東西卻仍放在老地方，要用的時候回來取。反正，她不肯騰出那房間給大弟夫婦用。

不久，妹夫調到仙台支店的委任令下來了。當時，妹妹產假還沒有完，先帶孩子跟先生搬家去了。只是，沒過兩個月，她又出現在父母家的客廳。

一開始說：「回來參加朋友的婚禮，」接著說：「要給孩子看醫生。」之後說：「仙台天氣太冷，暖氣費又太貴。」最後說：「為了家計，我只好在東京復職。孩子去托兒所的接送，爸媽可以幫忙。」

從此，妹妹和她兒子正式住在父母家，至今差不多兩年了。妹夫大約每月一次出差來東京探親。妹妹母子由樓下客廳搬去二樓。可是，她從前住的房間像博物館般的保持原樣，母子倆在另一個房間——是大弟弟原先用的房間——鋪地褥睡。

妹妹的宇宙向來以父母家為中心，這兩年她自己的個性越來越模糊了。她住在父母家，每天吃母親做的飯，吃完了飯就帶孩子上樓休息。那裡有她從小住的房間保持著原樣，卻灰塵一天比一天厚；目前用的房間看起來像臨時性的窩兒，只是這個「臨時」呈現要變成「永久」的趨勢。難道妹妹要臨時性地過一輩子了？

人格是要外殼的。身體是第一層的殼兒，住房則是第二層的。小孩子住在父母家，表示人格仍從屬於父母。長大以後建立自己的家，具體表示有了獨立於父母的生活，房子成為保護人格的外殼。

作為姐姐，我要妹妹抓緊時間享受人生。三十歲嘛，絕不算老，但也不算太年輕了。可是，為享受人生，先要有獨立的人格。生活各方面都從屬於父母，臨時性地延長著「孩子」的身分，嚐不到人生甜頭呢！

我回想自己三十歲的生日。當時我工作剛上了軌道，自個兒住在多倫多教堂街附近的老公寓。生日那天請了十多個朋友，把摺疊式床弄成沙發，小小的房間還是很擁擠。我這半輩子走了曲折的路，但是確實走過很多路，中途也嚐到了些甜頭。

「我們的生活道路不一樣。」妹妹曾對我答話。「我也不認為妳比我幸福。」她都說過。那是幾年前的事了。這些日子，她說話時候的主語不再是「我」而是「媽媽」。妹妹過生日那天，我感覺上聯絡不到她，因為她早已縮回到母親子宮裡去。哎，窩兒原來是巨大的子宮。

鶴和龜

在她們母親的葬禮上，三姐妹自然都非常激動。一會兒自咎，一會兒互相責備。

在日本文化裡，鶴和龜是長壽的象徵。此間有俗話說「鶴活千年，龜活萬年」。我姥姥名字叫「鶴」，生前又在東京東部叫做「龜有」的地方住過四十多年。可是，她並沒有特別長命，只活到七十五歲。

今年十月十日是姥姥的十二周年忌辰。按照一般習慣，這是最後一次的法事。如果有下一次，那是二十年以後的三十二周年，恐怕她孩子們都已經不在人世了。

法事做在離我小阿姨家不遠的公共墓地。幸好那天沒下雨，否則站在外邊聽和尚唸經太辛苦了。不過這些年頭，法事也簡單得多了。我小時候，和尚一開始唸經就沒完沒了的。這一次，卻只唸了五分鐘的經，然後讓大家一起說幾次「南無阿彌陀佛」就結束了。

事後，我在墓石上倒日本酒給姥姥喝。哥哥點上煙，在墓石上刻字凹陷的地方插進去。我母親和小阿姨匆匆地掃墓。

大家都沒說什麼。但，這兒不是十二年前，我們把姥姥的骨灰存放的地方。那是在另一個墓地，另一個墓石下面。

我姥姥一輩子結了兩次婚，離了兩次婚，總共有三個女兒，即我大阿姨、母親和小阿姨。她第一次離婚時，把大阿姨留在夫家，只帶我母親走了。後來又有了小阿姨。姥姥跟小阿姨最好。晚年，龜有的老房子給拆除時，姥姥搬到小阿姨家，跟她一家人一起住。

那年夏天，我剛從中國大陸留學回來，九月秋分的時候，跟妹妹一塊兒去小阿姨家見姥姥，並在她房間裡鋪被褥睡了一個晚上。當時，我覺得，姥姥衰弱得厲害。前一年，她跟我父母弟妹一起來上海看過我。才一年時光，她卻老了十歲似的。

姥姥說，她到處疼痛。但是，醫生講，那是上了年紀的緣故，沒法治。

以前在龜有的時候，雖然一個人生活，附近有很多好朋友。去了小阿姨家，雖然跟家人的關係很和睦，卻沒有了朋友。再說小阿姨家在住宅區，去買東西逛街都不大方便，不像她在龜有的家，一開門就是很熱鬧的商店街。總而言之，姥姥很孤獨。

事後有人說，我姥姥在世的最後一天，下午小阿姨出去不在家的時候，大阿姨來看姥姥。原來，大阿姨已過了五十歲，還不原諒姥姥幾十年前曾拋棄過她。母女倆每次見面都談半世紀前的苦楚。姥姥在口頭上和書面上都道歉過幾次，仍然得不到諒解，結果情緒低落。

十月十日是小阿姨的生日，那年正逢星期六。晚上，小阿姨出去參加朋友們給她開的生日宴會。姨夫和我表弟、表妹也跟自己的朋友們出去了。家裡只留下姥姥。

第一個回來的是當時念高中的表弟。一進門，房子裡很黑暗。他覺得很奇怪，難道姥姥都出去了？到二樓姥姥的房間開燈時，人已經冰涼了。

在她們母親的葬禮上，三姐妹自然都非常激動。一會兒自咎，一會兒互相責備。漸漸地，大阿姨和小阿姨對立起來，我母親又站在小阿姨身邊。當斷七，把骨灰存放時，大阿姨和兩個妹妹已經不大講話了。

那墳墓，本來是姥姥為自己買的。然而，當大姨夫去世時，大阿姨跟姥姥要了。大姨夫是贅婿，用的是大阿姨父親的姓。結果，在墓石上刻的是姥姥第一個丈夫的姓。

把姥姥的骨灰存放在她多年前離開的夫家墓石下面，很多人覺得不合適。但是，大阿姨堅持姥姥非在那裡不可。

之後，三姐妹圍繞著遺產的糾紛，最後鬧到法院去。那是泡沫經濟時期，姥姥遺留的小房子（就是小阿姨家住的房子）也值很多錢。大阿姨雖然很富裕，一定要瓜分那片土地。也許，她小時候渴望母愛，母親死後，她把母親留下的一切都要自己擁有。

法院審判小阿姨該向大阿姨買繼承權，同時讓她們把姥姥的骨灰分成兩半。後來小阿姨買了墳墓，在墓石上刻的是小姨夫的姓，跟姥姥無關。墳墓是為了家族的。離開了家族制度的女人，連長眠之地都很難有。

藍色藥片

進入晚年以後要重新鞏固夫妻關係，是否一定要靠藥品？

那是我這半輩子最尷尬的經驗之一。父親在我面前拿出「威而鋼」來。當時不僅有我在場，而且有我老公和他父母親。為了慶祝我兒子健康地過了生後一百天，大家聚在一起，高高興興地吃喝了大半天以後的事情。

父親今年六十五歲。他以前算是個能喝酒的人；可是，這幾年來，大多數時候，喝了幾杯酒就自動睡著。單單那一天，可能是特別開心的緣故吧，他不停地喝了好幾個鐘頭的酒。而且，越喝越健談，不管別人感不感興趣，一個人天南地北地扯淡下去。

我和老公早就酒足飯飽，稍微離開飯桌，哄著小娃娃。公公陪父親喝酒，母親也還在喝一點。只有婆婆不會喝酒，要陪酒鬼那麼長時間，她顯得有點不耐煩。畢竟，宴席下午兩點鐘開始，天黑了都不結束，算是連續吃了兩頓飯，那時已經差不多九點鐘了。

忽然，父親大聲問公公婆婆：「欸，你們兩位，夫妻生活方面怎麼樣？」大家吃驚，一時不知道如何反應才是。惟有母親哈哈大笑，似乎鼓勵父親說下去。

「到了我們這種年齡，孩子們都已經長大，我認為必須重新鞏固夫妻關係。可是，上帝很殘酷，我周圍有很多人感到困難。」然後，父親對我老公說：「你還年輕，恐怕不懂老頭子的苦楚。」

接著，他把一隻手放進上衣的裡兜兒說：「最近美國人發明了一種藥，靈得很。我恰巧在洛杉磯有個朋友，叫他寄來一些，分給這邊的伙伴們，也算幫人家吧。只是，太貴了，一顆值五千日圓。」他手上有個小小的塑膠袋，裡邊是幾粒藍色的藥片。「一、二、三……這裡總共有八顆，值四萬日圓。」父親說著給大家看貴重的藥品。

當時，傳媒已經紛紛報導關於「威而鋼」的消息。因為在日本國內暫時買不到，有人參加旅遊團去夏威夷購買，也有些公司直接跟美國醫生聯繫，大批進口後以高價出售。我從來沒聽說父親在美國有朋友。我估計他其實是看小報上的廣告向曖昧可疑的小公司買的。

看過媒體上的報導和在姻親間討論可是兩碼事。我一下子面紅耳赤，裝著要給小娃娃餵母乳，一轉身就不回頭了。

我聽到老公說：「啊，『威而鋼』原來是這樣子的。」婆婆也說：「一顆五千塊。好貴。」只有公公沉默不語。當父親逗著他說：「你要不要？很管用啊！」公公還是沒有反應。反而，婆婆說：「我們好久以前已經畢業，他只愛喝酒……」

為了給公公解圍，老公問我父親：「您自己用過嗎？」這回父親不說話了。母親卻像有什麼用意似的破顏一笑，然後用力使胳膊上的筋肉隆起。接著她說的幾句話實在很露骨，令我羞得恨不得找個地縫鑽進去。

不久，父親母親站起來終於要告辭。大家把他們送到電梯去。我還是羞得不敢正視父母的臉。等他們坐的電梯下樓去，我轉向公公婆婆，深深地鞠了一躬。公公開口說：「妳父親很愛說話啊。」但是，他和婆婆都再也沒有提起藍色藥片的事情。

幾天後，母親打來電話說：「那晚妳父親喝多了酒，講到那些，在公公婆婆面前，妳很沒有面子吧？」我對母親的意見，比對父親還要大。丈夫喝多了酒，妻子應該注意一下不讓他有越軌行為。母親做的恰恰相反，她跟著父親屁股後頭湊熱鬧，結果使自己的丈夫和女兒在婆家人面前丟盡臉。但是，我跟她沒說什麼。我對母親的態度，基本上是「不沖神佛，沒有邪祟」，盡量「敬而遠之」。

過些時候，母親又來電話，這次說要我幫她看英文。「什麼東西？」我問她。「是美國寄來的一種藥，用來治禿頭的，聽說特別靈，可是不懂怎麼個用法。妳幫我看說明書吧。」

我想起父親漸漸稀疏的頭髮，也想起他從裡袋拿出來的藍色藥片。進入晚年以後要重新鞏固夫妻關係，是否一定要靠藥品？

結婚紀念日

曾經穿著廉價西式婚紗結婚，在母親看來是全世界最不幸的遭遇。

「結婚」和「建國」兩個詞兒，日文的讀音相當接近。至於「結婚紀念日」和「建國紀念日」，聽起來幾乎沒分別了。好在我父母的結婚紀念日恰巧是日本的建國紀念日，在我家，兩者本來就是一回事。

父母的結婚紀念日，昭和三十四（一九五九）年二月十一日，其實也是伯父、叔父的結婚紀念日，因為我父親的三兄弟是同一天舉行婚禮的。

在他們的結婚照裡面，有三個新郎、三個新娘。兩個新娘穿著和服，唯一穿白色西式婚紗的是我母親。

「他們說，我個子高，穿日式婚紗不合適。實際上，和服是很貴的，比起來西式婚紗便宜得多。因為那天有三個新娘，他們家要省錢，而省錢省到我身上來了。不僅是婚紗，什麼財禮、訂婚戒指，全是我拿了最便宜的。真氣死人！」小時候，我經常聽母親埋怨說。

父親的三兄弟，原來想早一年，即昭和三十三年的三月三日一起結婚。那天正好是「三三三三」，日本有家電視台要三對新人在節目裡同時結婚，如果三個新郎是親兄弟就再好不過了。

「那樣子，婚禮和婚後旅行都是由電視台承辦的，多好。只是，妳伯伯沒出息，他找不到老婆。等人家給他安排好親戚的女兒時，節目早已播放了，只好自己掏腰包了。」母親說。

還是三兄弟一起結婚。伯父的對象是遠親，叔叔的對象是老顧客的女兒，單單我父母是自由戀愛相結合的。

「當時，自由戀愛給人家看不起。再說，我沒有父親，等於沒有後台。」一個家庭裡，同時出現三個兒媳婦，不可能每人的待遇都一樣，差別待遇似乎是必然的。

一開始，我母親的地位最低。不久，嬸母和奶奶的關係惡化了。「她原先是老顧客的女兒，自以為有地位，結婚以後都不改變態度，當然要得罪妳奶奶了。」

不到一年，叔叔離婚，又沒過多久，跟第二任太太結婚了。這樣一來，本來「三對一起」的結婚紀念日則不大方便公開祝賀了。

儘管如此，母親一貫重視結婚紀念日。有些女人特別喜歡慶祝紀念日，一方面，她也是那樣；但是，也有另一方面，她與眾不同。

曾經穿著廉價西式婚紗結婚，在母親看來是全世界最不幸的遭遇。「總有一天，我要穿上極豪華的日式婚紗拍照片。」以前她經常說。後來有了條件時，她並沒有真的去做。過了五十歲，她也不說「總有一天……」了。仍然，對她來說，結婚紀念日是感情上需要得到償還的一天。

我長大以後才發覺，很多人根本不知道父母親的結婚紀念日。我們五個兄弟姐妹當中沒有一個不知道的。是因為我們父母的結婚紀念日恰巧是建國紀念日，聽起來很像，而且每年都放假的嗎？

好像是從小被母親強迫祝賀的緣故。我說「強迫」，因為如果不送禮物，她一定不高興，但是送了禮物，她也一樣不高興，結果令人被進退兩難的恐懼心理纏住。

父母家客廳的牆上掛著匾額，裡邊是當結婚三十五周年之際，父親給母親寫的感謝信，說她是個難得的好妻子、好母親。看到它，大家都逗弄父親說：「你愛太太愛得很深啊！」如果不愛，他絕不會寫那樣的信。但是，把它展覽在客廳給大家看，我估計是母親的主意。

今年是他們的結婚四十周年。事先，母親向我妹妹透露，她想要得到的禮物是五個孩子共同送的一次海外旅行，等級要最高。妹妹恰好在旅行社工作，跟母親商量著，選擇了去泰國的四天三夜旅遊團，兩個人的費用大約是四十萬日圓（約合新台幣十三萬元）。

父母親一個月前剛去過一趟南非，再說四十周年也不是什麼金婚銀婚，真的要送那麼貴的禮物？母親一聽到有孩子不服從就大發脾氣而取消旅程。結果，妹妹哭著給我打來電話……都是為了結婚紀念日的緣故。

父親的壽司

經專業廚師一弄，就神祕地上一層樓，擁有別具一格的滋味，那才是真正的壽司。

住在加拿大時，常有人要我做壽司。

「不。壽司不是家常便飯，非得到餐廳吃專業廚師做的。」我說。

洋朋友們不明白。

「為什麼？壽司看起來很簡單，在小飯糰上放了張生魚片罷了。為什麼不能自己做？」

這是文化問題，很難解釋。最後，我往往做出讓步說：「好吧，那麼我準備材料。你們來我家，每人自己做壽司吃。」

多倫多唐人街有兩家日本食品店。一家賣大塊冷凍鮪魚，另一家賣從日本進口的烤鰻魚、醋鯖魚。我也去中國人開的商店買生蝦、假螃蟹、黃瓜等，再加上紫菜和山葵，自助壽司的準備可算完成了。

在飯桌中間的大缽裡有調味好的米飯，周圍擺了各種魚和佐料。日本人，包括我自己，只敢拿紫菜做手卷壽司吃。洋人則大膽地抓米飯，要做自己的握壽司。怪模怪樣的，一點都不像壽司。人家卻高高興興地，塗了很多山葵，沾著大量醬油，放進嘴裡說：「太棒了！好吃極了！」

到現在，我都不清楚，開那樣的壽司派對，到底算正面的文化交流，還是反面的？因為我沒能讓洋朋友們明白壽司真正的精神，反而加強了他們的誤解。畢竟，壽司不是上面放了生魚片的小飯糰。沒錯，壽司的材料是米飯和生魚片。可是，經專業廚師一弄，就神祕地上一層樓，擁有別具一格的滋味，那才是真正的壽司。

如今在日本，有的是迴轉壽司店、外賣壽司店，超級市場也賣現成的壽司。我小時候，要吃壽司，只能到專門店。其實，小朋友們幾乎沒有機會去壽司店。反之，家中有客時，母親打電話叫鋪子給送現做的壽司，小孩子也有機會吃到了。

壽司好吃、好貴，很少吃到。當時，在日本孩子們的心目中，壽司的地位特別高。

我家的情況很特殊，因為在家裡吃得到父親做的壽司。好幾十年前，爺爺在東京東中野開了家壽司店，但是四十二歲時中了風，以後不能工作了。據習慣，女人不能做壽司廚師，奶奶沒辦法，只好讓兒子們當廚師。大伯做了幾年之後，獨立開了自己的店。二伯則從小不喜歡魚的味道。我父親年輕時當過五年的主廚，結婚後才改行，壽司店由大叔繼承。

一開始，大家想吃壽司，都去大叔的店吃。後來，奶奶不在了，由嬸母管錢，不方便免費吃人家的商品了。可是，在兄弟之間，付錢也很彆扭。最後，乾脆不去大叔的店了，想吃壽司時，父親到魚市場採購去。因為原先是開壽司店的，他習慣買很多魚，結果一下子吃不完，但是鮮魚又不能放久。於是父親說：「叫客人來。」就這樣，家庭壽司店開始了。每次做壽司時，打電話叫朋友、親戚、鄰居、同學等過來一起吃。父母家房子並不很大，有一次卻來了七十多人。到處站著人，擁擠得很，但也很熱鬧。父親想起年輕時當專業廚師的日子，很開心地說：「今天生意特好！」雖然這回是他自己出錢請客人吃壽司。

我從小吃父親做的壽司長大，小時候很少吃過別人做的壽司。大學時代，有個年長的朋友常帶我去吃飯。他很講究吃，知道很多名店。我好吃喝，去哪裡都高高興興地說：「好吃！」只是有一次，他帶我去吃壽司，我從頭到尾默默不語。出來以後，朋友半責備半嘲笑我說：「妳以為壽司是爸爸做的最好吃，是不是？」

這些年頭，我在很多地方吃過壽司，仍然覺得父親做的壽司相當好吃。他的家庭壽司店，現在還偶爾開，但是規模小得多了，一般只有他孩子們和孫兒女，也總共有十多人。去餐廳吃，一份壽司只有七八個。吃父親做的，卻一下子能吃至少二十個。為了使十多人吃飽，父親要兩三個小時一直站著做壽司。他今年六十五歲，身體自然不如以前，開了一次家庭壽司店就會很累。可是，每次我去父母家，他一定說：「做壽司給妳吃。」

【輯2】新井的朋友

冰箱的門

不管是男的還是女的，專門對比自己差的異性感興趣，給人的印象不太健全。

多數女人專門對比自己優秀的男人感興趣。然而她是個例外。

她是有錢人的獨生女，爸爸是日本一家電影公司的大幹部。從小隨父親去海外生活，她會講幾種外語。回東京大學畢業以後，她參加了跟父親同一間公司。幾年後，辭職並成為影評人。

我是在工作上認識她的。一名三十多歲，很能幹，也很會喝酒的女影評人。在人們眼裡，她是個十足的女強人。再說，她長得相當漂亮，而且很會打扮。總而言之，她是個很有魅力的都會女人。

所以，我第一次見到她的同居男朋友時，不能不感到有點意外。他們兩個人在一起的樣子，好比女老師帶著男學生。其實，他們之間的年齡相差只有幾歲而已。但是，無論是外貌還是學識，男朋友比她差得遠了。

後來，女影評人告訴我說：「我是專門對比自己差的男人感興趣的。大學時代，我去南方孤島潛水，認識了當地一名小伙子。他的文化程度只有初中畢業，當時在舞廳工作。我瘋狂地愛上了他。我們甚至訂了婚。只是有一天我發現，除了我以外，他還有幾個女人。

「我剛認識現在的男朋友時，他才二十出頭，而且沒有固定的工作。他幼年時父母雙亡，書也只念到初中畢業為止。說我們兩個人同居，實際上是他來我家以後不走了。他跟小狗一般纏著我，當時我覺得很可愛。現在？都幾年了，沒什麼激情可說。但是，一開始養狗，妳也不能隨便放棄。感情還是有的。

「沒錯。對我來說，男人跟狗一樣。我在工作上，有時認識到優秀的男人。我對他們，當然很尊敬，也很想聊聊天，或者討論問題。但是我從來不想跟他們有肉體的接觸。同優秀的男人，有作為人的、精神上的來往就足夠了。作為動物的、肉體的來往，最好跟狗一樣的男人進行，因為我不需要尊敬他們。」

這些話，如果從一個男人的嘴巴出來，也許不怎麼奇怪。我見過一些男人把「靈」與「肉」完全分開看待。可是，一般來說，女人是很難分開「靈」與「肉」的。

不管是男的還是女的，專門對比自己差的異性感興趣，給人的印象不太健全。當一個人有健康的自尊心，發生興趣的對象應該跟自己對等或者比自己優秀。無論如何，把自己的伙伴比作狗，聽起來令人不舒服。

表面上看來條件很好的女影評人，為什麼如此這般缺乏自尊心？但是這種問題是很難直接問對方的。

有一個線索。那就是喝醉了酒以後，她往往把幾十年前的老照片拿出來，是她父母的結婚照。

「妳看，我母親年輕時多麼漂亮。她是在公司裡最美麗的女職員，有很多男同事追她。最後我父親贏得了她，雖然他的年紀比我母親小，個子也沒有比她高多少。

「哎，如果我長得像媽媽，那該多麼好。可是我長得像爸爸，結果媽媽嫌我醜。聽說，我還是個小娃娃的時候，媽媽不肯抱著我出去，因為我難看。

「爸爸自己知道，他本來就配不上媽媽。所以，不管我母親做事情如何不講道理，他從來沒批評過她。

「我母親管我管得非常嚴。我上幼兒園的時候，她跟我說得很清楚，『在我們家，沒有一件東西是屬於妳的。每一件東西都是爸爸和媽媽的。那麼，如果妳想開冰箱，先一定要敲冰箱的門，然後才開。』有一天我去同學家，看到她不敲門就打開冰箱，我非常吃驚。

「我中學的時候，有一次把手放在口袋裡跟母親說話，她特別生氣，一下子把口袋縫掉了。還有一次，我的頭髮有點太長，母親突然間拿起剪刀要剪掉。也有很多次，我同學打來的電話，母親不讓我接，自己掛下。無論她怎麼樣，爸爸從來不敢批評，因為他本來就配不上她。」

談著談著，她不禁流眼淚。每次喝醉了酒，她一定要講這些故事。母親幾年前已經去世，但是女兒的心靈沒得到解放，如今仍跟狗一樣的男人同居，也許是她自虐，也許是為了懲罰當年沒有保護她的父親。

書香

她高高興興地打開雜誌，接著說：「這本書有日本的味兒，是發了霉似的味兒。」

卡倫是第三代的日裔加拿大人。以前我在多倫多為一家航空公司編日語雜誌的時候，她負責美術設計。

但是，卡倫不會說日語也不會看日文。

不懂語文，到底怎樣做版面編排等工作，我當初非常擔心。可是，當時在多倫多，我們找不到做過雜誌工作的日本設計師。要是從日本請來的話，花費太高，而且對當地環境不熟悉。負責美術設計的人，除了跟編輯以外，還要跟廣告部門、印刷廠等很多單位溝通。還是不如用加拿大設計師。

「妳放心吧！卡倫有日本血統。雖說語言不通，文化背景是跟日本讀者一樣的。」老闆告訴我。她是從南非來的老女人，對日本的語言文化一點都不理解。她只知道卡倫姓岡田，有黃皮膚黑頭髮，看起來跟日本人沒兩樣。

加拿大最大的城市多倫多，有幾個唐人街，但是沒有日本街。其實，多倫多的日裔人士，很多是戰前住在溫哥華日本街的。當他們的祖國向英、美開戰，日裔人士在加拿大成為敵國人，財產給沒收，人則送到內陸的集中營去了。戰爭結束以後，一部分人來到多倫多開始新的生活。然而，當地政府以及居民仍然對日裔人士不放心，禁止他們集中住在一個地方。

後來幾十年，多倫多沒有日本街，雖然有唐人街、韓國街、希臘街、小義大利、小印度等少數民族集中的地區。賣日本貨的商店，在下城唐人街附近有一兩家。但是多元文化城市多倫多卻沒有日文書店。

沒有跟卡倫碰頭以前，我打電話到日本去，索取了十幾本日語雜誌。我認為，不懂日文的人，自然也沒看過日文書。我得讓她對豎排的日文書有概念。

生活在多倫多，我習慣跟不同種族、文化背景的人來往。可是，跟日裔人士的接觸相當少。他們是好幾十年前，從廣島、和歌山等偏僻地區移民到加拿大去的日本人。經過戰爭時代的苦難，為了生存，他們勸兒女學英語，同化於加拿大社會。結果，到了第三代，一般都不會說日語，也斷絕了跟老家親戚的來往。

具有諷刺意義的是，最近十多年，多元文化主義在加拿大成了氣候，大家重新開始尋找自己的文化根了。就這樣，很多日裔人士湧到「日裔加拿大人文化中心」等地方學習日本話。第一代、第二代的人拚命放棄的東西，由第三代的人拚命地撿起。

面對日裔人士，我不知道應該把他們當作同胞，還是應該當作外國人。雖說一百年以前是一家人，在現實當中，彼此的文化背景完全不一樣。可是，說外國人吧，他們又太像我們，尤其在眼光、表情等，無法說清楚的細節上。

所以，第一次跟卡倫見面，我心中有點緊張。早已聽南非老闆講，卡倫正在上課學日語。果然，我一開門進去，她就用洋腔洋調的日語向我打招呼了。我開始覺得稍微彆扭，但是那瞬間，在卡倫臉上浮現很不好意思似的表情，倒是絕對屬於日本人的。

我從書包裡拿出來十幾本日語雜誌。南非老闆歪著頭翻翻看。卡倫的動作卻完全出乎我的意料。她高高興興地打開雜誌，然後把自己的臉伏在上面，接著說：「這本書有日本的味兒，是發了霉似的味兒。」

原來，卡倫小時候，她爺爺在多倫多唐人街附近開日文書店。不僅卡倫，連她父母都不會看日文。可是，卡倫和她姐妹，每次去爺爺的家，一定打開由日本寄過來的書，把鼻子貼上去，聞聞日本的氣味。後來書店關門，爺爺去世，她們家失去了跟老家的聯絡。

之後，跟卡倫一起工作，我還是基本上把她當作外國人。好在她對日本文化、語言有一定的情懷，雖然看不懂雜誌所刊登的文章，但是很願意跟我溝通，多一點掌握文章的精神。老實說，跟不懂語文的設計師合作是挺累的。可是，我一想起卡倫伏在雜誌上的場面，總是心裡很暖，容易接受她。

她的鞋子

腳是女性的象徵，穿上了漂亮舒服的鞋子，女人才能心平氣和。

回紐約的前一天下午，老同學CS來我家聊天。我本來要她留下來一起吃晚飯，她卻堅持說：「不了。我今天還要去百貨公司買雙鞋子。」

「妳是要在東京買鞋子的？」我很驚訝地問她。

「是啊。日本製造的鞋子最好。妳想一想，紐約客上下班時為什麼要穿運動鞋？都是那邊的皮鞋穿起來不舒服的緣故嘛。」

曾經有個歐洲老先生，嘆著氣跟我說，他一輩子結了三次婚，但是沒有一位太太能夠在居住地半徑五百公里以內找到合意的鞋子。他搖著頭問我：「妳們女人對鞋子怎麼那麼計較？」

我自己也一樣，很難在居住地找到合意的鞋子，於是每次去外地旅行，都要逛一下鞋店。比如說上次去紐約的時候，我在中城一家鞋店看到很漂亮的鞋子，馬上打開錢包買了黑色和咖啡色各一雙。只是，回到家後我發現，那兩雙穿起來有點緊。結果一直放在櫃子裡，沒有穿……

中國人說，外國的月亮圓；西方人說，隔壁的草坪綠；全世界很多女人則會說，鞋子是外國的好。

老同學CS的情況稍微特殊。她住在外國卻硬說，鞋子是家鄉日本的好。

且讓我弄清楚一點。那就是，日本人開始穿皮鞋是明治維新以後的事情，至今才一百多年而已。相比之下，西方人穿鞋子的歷史悠久，做鞋子的手藝自然更高。尤其是義大利人，他們做的皮鞋既好看又舒服，雖然我估計連義大利都會有不少女人說，在居住地很難找到合意的鞋子。

女人和鞋子之間的深奧關係，不必問佛洛伊德的高見，只要想一下中國過去的「三寸金蓮」，或者西方灰姑娘的玻璃鞋子，就能知道個大概了。總之，腳是女性的象徵，穿上了漂亮舒服的鞋子，女人才能心平氣和。可惜，好鞋子往往在遠方，無論身在何處。

ＣＳ是我十多年前在北京念書時候的同學。她跟清華大學的巴基斯坦留學生結婚，在北京留下來工作。一九八九年，六四事件發生以後，他們方離開中國去了美國。日本妻子和巴基斯坦丈夫，恐怕在誰的國家都得受歧視，不如乾脆去第三國。標榜自由的種族坩堝美國是最自然的選擇。

在中西部一所大學得到了碩士學位，兩人搬到紐約去。丈夫做電腦顧問，ＣＳ自己則拿著ＭＢＡ文憑在日資銀行做事。三年前，他們在曼哈頓買了房子。

一切顯得很順利，直到去年春天，ＣＳ發現她丈夫參加網際網上的「約會俱樂部」。ＣＳ不知道他到底有沒有跟「俱樂部」的女會員見面搞關係。然而有一次兩人吵架時，丈夫格外冷靜地說：「妳早已勾不起我的激情了。」嚴重地傷害她的自尊心。

一年前ＣＳ跟丈夫分居，開始一個人過日子了。除了每天上班以外，經常去聽音樂、看歌劇，也學畫畫，可以說她的生活很充實。目前美國經濟又很強，雖然她任職的日資銀行快要撤出美國，找下一份工作應該不會太困難。

轉眼之間，ＣＳ已經三十五歲了。當年她穿著涼鞋去中國留學時，根本沒想到十多年以後會在紐約單身生活。分居一年，破鏡重圓的可能性不高。但是要辦離婚，也需要一段時間。

去年和今年，ＣＳ都一個人回東京探親。她父母思想很開放，對於女兒的私生活，他們始終不聞不問。

我問過ＣＳ想不想回國定居？她說：「在經濟蕭條時期，三十五歲的女人在日本找得到工作嗎？再說，這麼多年在海外，我都不知道能不能重新習慣日本的生活方式。」

有一點是很清楚的。她認為，鞋子是家鄉日本的好。

可愛的女人

小時候認識的人是很特別的，無論多長時間沒見面，感覺總是很親切。

也許我本來就不應該當什麼月下老人的，聽著電話線那邊的哭聲，我在心裡想。

她的名字叫裕子，因為她的生日是四月二十九日，跟裕仁天皇同一天。

裕子是我小學一年級時候的同班同學。當時我們家住得很近，下課以後經常一起做功課、玩耍。她母親總是穿著暗色的和服，我覺得很漂亮。她們母女倆在家裡彈和琴，也讓我很羨慕。

我和裕子的來往，基本上到初中畢業為止。後來我們上了不同的高中。我偶爾聽到裕子的消息，是我母親在街上碰見她母親得來的。聽說裕子高三時候患了重病，痊癒以後都得留在家裡，不能上大學也不能出去工作了。

大約十年前，有一次我從國外回日本探親，我母親說：「妳回來得正是時候，裕子的母親要找妳呢。」我不懂，這麼多年沒見面，她到底有什麼事情要找我。可是，小時候認識的人是很特別的，無論多長時間沒見面，感覺總是很親切。

我給裕子的母親打電話。但她說需要我幫忙的不是她而是裕子。於是我糊里糊塗地去位於高田馬場車站附近的咖啡館跟裕子見面，未料她帶一個小伙子一起來了。

「一看我就知道他是大陸人，同時我也看出來他們倆是相愛的。「就是因為他是個中國人，我父母不讓我跟他結婚。他們甚至打電話到中國大使館，要把他遣返回鄉。」裕子說。

姓李的上海小伙子坐在裕子旁邊，不好意思似的微笑著。他的表情和視線讓我知道在裕子肚子裡已經有了小孩了。

原來，在家裡休息幾年以後，裕子第一次去上班的地方就是一家日語學校。在接待處工作，她認識了剛從上海來的小李。

裕子的父母反對他們結婚，除了小李是外國人以外，他的年紀比裕子小，而且當時沒有固定的收入。可是，仔細看裕子的肚子，已經相當大了，除了生下來以外，恐怕沒有其他辦法。幸好，小李人很好，再說對裕子的感情很真。於是我替他們跟裕子的父母交涉。其實，大家需要的只是一個可信任的翻譯而已。

就這樣，我當上了裕子和小李的月下老人。後來他們有了兩個女兒，幾年前全家搬到天津去，為的是在那邊經營食品工廠。

每隔一段時間，裕子來信告訴我，他們的日子過得多麼幸福。她也總不忘記在信上說：「都是歸功於妳了。」

去年底，裕子從上海寄來的聖誕卡讓我非常吃驚，因為她寫，小李懷疑她和十八歲的小伙子發生了不正當的關係，不僅動手打人，而且把裕子一個人送到上海去住。「我很想念兩個孩子。我在上海人生地不熟，再加上語言不通，實在孤獨極了。」裕子寫。

我見過的小李是很溫和的人，很難想像他如此暴戾起來，除非有理由非常生氣。我給裕子寫回信，問她有沒有我可以幫忙的地方。

前陣子，裕子忽然從上海打來長途電話。我一接就聽到她哭泣的聲音。「我不知道該怎麼辦。」裕子說。我也不知道；因為據她說，原來小李的「懷疑」是有根有據的。如今她丈夫是三十多歲的工廠老闆，當太太和未成年的僱員談起戀愛，如果他不生氣才算奇怪。

可是我的老同學裕子，她除了短期在日語學校的接待處工作以外，只做過小姐和太太，根本沒有過社會經驗。她小孩子般的脾氣，雖然很可愛，但同時也是兩刃刀；做出大事情卻沒有自覺。

比如說現在，我很同情裕子的處境，是因為她不能跟孩子在一起，單獨一個人在人生地不熟語言不通的上海。再說她娘家也說得很清楚，除非帶兩個孩子，不要回到日本來。

然而裕子自己哭個不停的原因，倒是她忘不了那個十八歲的小伙子。考慮到小李，也考慮到裕子的父母，我在心裡想，也許本來就不應該當什麼月下老人的。

垃圾桶

一個星期做人家的怨氣垃圾桶，可說是我這輩子最難堪的經驗之一。

我對新加坡的印象不好，並不全是新加坡的錯。那裡天氣太熱，整個地方又太乾淨得簡直令人窒息。但是，如果我不是跟老朋友ＫＲ和她當時兩歲的女兒一起過了一個星期，對新加坡的印象絕對不一樣。

兩年半以前的事了。我由旅居地香港飛往新加坡陪ＫＲ，本來是為了安慰老朋友，因為她剛在澳洲有了很令人傷心的經驗。沒想到，結果在那七天裡，我一直不停地挨她的罵。

ＫＲ向來是個我行我素的女人。大學畢業以後她參加國際性的探險隊去了南美智利。在探險隊裡有個澳洲青年，他們倆不久就要好了。後來ＫＲ回日本做傳媒工作，但是跟那個澳洲人斷斷續續保持來往。

有一年，澳洲青年忽然去美國單獨旅行好幾個月，ＫＲ無法跟他聯絡了。她很想念他。一年以後，他又忽然來到日本時，ＫＲ高興得一輩子都要跟他在一起了。所以，肚子裡有了小孩，對ＫＲ來說是心甘情願的。

澳洲青年的想法卻跟她不同。他願意保持情人關係，但是不想做父親。男方要求ＫＲ把孩子打掉，她不肯。兩個人沒有談好之前，男的離開日本，說是要回國跟家人一起過聖誕節。未料，他從此逃之夭夭，ＫＲ找不到他了。

我老朋友無疑是個很勇敢的女人；她決定把孩子生下。周圍不少人，包括我自己，都勸她改變主意。可是，ＫＲ堅持說，那個澳洲人就是她的白馬王子，他暫時想不通，但總有一天會來接她和孩子。

在他們來往的幾年裡，ＫＲ也去過澳洲跟他父母見面。當孩子出生時，她把照片寄給那邊的祖父母。對方沒有回信。

兩年過去了。大家都勸ＫＲ把那個男的忘掉。她搖頭不肯。有一天她收到了澳洲來信，是他寄來的，說想來日本看她和孩子。大家都認為他太自私，除了ＫＲ以外。她高高興興地接受他，一起過了蜜月般的一個月。據ＫＲ說，這回他們終於談到了未來。先等到聖誕節，ＫＲ帶女兒去澳洲，跟男方家人一起過休假。

可是，沒等到聖誕節，ＫＲ接到了澳洲來電，是個女人打來的。對方說，她的同居男友前些時去了日本，不知道他跟ＫＲ的關係如何。在大家眼裡，那個男的就是騙子，ＫＲ卻把他當作迷路的小羊。到了聖誕節，她還是帶女兒去澳洲，為了教導他人生正確的方向。

ＫＲ在澳洲過的一個月，恐怕是什麼樣的女人都會發精神病的。ＫＲ和女兒住在他父母家以及哥哥家。大家很文明地把她們當作家庭成員。在休假期間，男的暫時離開同居女友，跟ＫＲ和女兒一起過。另一個女人很大方地接受了這樣的安排；可是一個人過節還是很寂寞，於是常常打電話來把男的叫回去。

簡直是一夫兩妻制。ＫＲ在女兒和男方家人面前要裝著一切都好，心中卻亂到極點。那個男的一點責任感都沒有，他總是要迎合身邊女人的要求，結果不停地撒謊。

我在香港每兩天接到ＫＲ的電話，她的情況越聽越荒謬，心理狀態越來越不穩定。我非常擔心她。因為她坐的是新加坡航空公司的飛機，在回國的路上，能夠免費停留在新加坡。於是我放一個星期的假，去陪陪ＫＲ。

本來我打算，一見面就先讓她哭個痛快。未料，打開飯店房間的門叫我進去、滿臉堆笑的ＫＲ說：「我聖誕節過得非常開心，大家對我們都特別好。」

慢慢我明白，她在澳洲要保持鎮靜，結果非騙自己不可。到新加坡跟我見面，本來可以吐露真情。然而，演戲演得太久了，她心理上沒辦法下舞台了。

看ＫＲ的樣子，我覺得很可憐，禁不住流著眼淚說：「傻孩子，給壞男人騙了。」這一句話卻氣死了ＫＲ。她大聲罵道：「誰是傻孩子？妳才很傻。」顯然她是拿我出氣的。

新加坡地方小，天氣熱，一個星期做人家的怒氣垃圾桶，可說是我這輩子最難堪的經驗之一。

老同學

處於這種關係的女人都說自己是心甘情願，幸福至極的。

偶爾跟老同學見面，最大的效用是面對自己的年齡。自己的變化是很難注意到，也很難承認的。人家的變化卻看得清清楚楚。喲，眼角有了皺紋了，白頭髮可不少了。畢竟彼此是同歲，在人家看來，我的變化也應該一樣清楚，互相當鏡子好。

話是這麼說，小百合的變化實在太大了，我簡直不肯承認跟她是同齡。三年沒見，她老了十歲似的。瘦骨嶙峋得眼睛都瞘瞜，結果衣服顯得像布袋。

可是，最大的變化在於她的表情和態度上。以前的小百合是目中無人的，我很少看過她的笑容。這回她變得很謙和，一見面就握著我的手說：

「謝謝妳抽空跟我見面。」年紀不小了、為人圓通了?她的眼神說出給人生折磨了。

小百合是我高中時代的同班同學。當時在班裡她頗有明星地位,因為很會唱歌,而且小時候當過兒童演員。她性格很活潑,每週兩次下課以後在學校附近的肯德基炸雞店當售貨員。她家境很好,本來不需要掙錢,當臨時工主要是為了接觸社會。我問過小百合為什麼不在麥當勞工作而在肯德基做事?她說:「因為我不愛吃雞。」她的意思是,因為她不愛吃雞,在肯德基工作的話,如果有機會吃商品也謝絕吃,結果不會發胖。

她考慮得實在很周到。我們幾個同學,每週兩次到她工作的肯德基,看著小百合,邊聊邊吃炸雞,結果又花錢又發胖。只有小百合一個人又賺錢又減肥。她工作得也很認真,高中三年級時她做了店裡的主任,給公司送到美國去進修。

不過,高中一畢業,小百合就辭掉了肯德基。她上日本大學藝術系廣播專業,將來想做DJ的,業餘時間開始在澀谷的Tower Record工作。大學的四年裡，我每次見小百合幾乎都在那家唱片店。不工作的時候，她則拿著賺來的錢去美國旅遊。

在我們幾個同學的眼裡，小百合是不能不佩服的人。她的志願很清楚，而且她肯為了目標而奮鬥。她也很注意外表，身材、髮型、化妝、服裝都無可指摘。

過著那麼充實的日子，小百合沒時間為男孩子煩惱。其實，凡事很能幹的她，就在這方面相當保守，她當時說一定要跟父母親選擇的人結婚。學生時代有不少男孩子追她，小百合一概不理。

現在回想，她是有點潔癖的。記得高中二年級時，在學校裡上性教育課，老師放著幻燈片講課，小百合一直伏在桌子上不抬頭。

大學畢業以後，她沒能做ＤＪ，反而在一家國際性大飯店工作。她在公共關係部門做事，常跟大眾媒體打交道，做得頗開心。從此以後，我們幾個老同學見面都在小百合工作的飯店裡。她幫我們折扣。只是她自己很忙，很少坐下來跟我們聊天。不過誰都沒覺得奇怪，因為從高中時代起，情形其實沒變化。

前一陣子，小百合來電話說要跟我見面，可說是破天荒的，以前總是別人要見她，也不一定見得到的。

三年沒見，小百合真的變了。這回她很願意談談自己的生活。她說最近買了房子。在飯店裡做事，一做就是十多年，一直沒結婚，也沒有離開父母家。這些年來，她應該存了不少錢，買得起房子我不吃驚。不過，未婚女人買房子多少有下決心一輩子獨身生活的意味。於是我問她：「妳不要結婚了？」

好像她等著我這麼問，一下子講出來了心裡話。原來，這兩年她平生第一次談著大戀愛。「沒想到我能愛一個人愛得這麼深。」她說，只是對方已經有家庭。小百合作為既驕傲又能幹的職業女性，不肯要求男的離婚，反而自己掏錢買愛窩，是三十五年的分期付款。

處於這種關係的女人都說自己是心甘情願，幸福至極的；她的外表卻暴露真實。本來充滿自信心的小百合，現在憔悴不堪，有如吸毒上癮者。她顯得很老。我不由得移開視線。

少男少女

當時因為她非常害羞，無法自然地說話，為掩飾自己的害羞，只好用老頭子般的口吻。

裕美說，在夢裡她從小是男性，而且她作的夢往往像幻想小說一般。

「很多是冒險之類，我率領探險隊去消滅怪物。最可怕的是住在地下的怪物，個子很矮，但是力氣很大，要把我都拉到地下去。每次在夢裡見到他們，我都害怕得捏一把汗。」

聽著，我很羨慕裕美，因為在夢裡我從小只做過我自己，連其他女性都沒做過，更不用說男性了。而且夢的內容也很現實，學生時代夢見學生生活，如今在夢裡見到的幾乎都是熟人。難道我沒有下意識？

裕美是個畫家。她畫兒童書的插畫，也在露天酒吧的地面上畫畫。她的樣子一看就很像個藝術家；穿的衣服、襪子、鞋子永遠大紅大綠，戴的耳環總是既大又長的叮噹響，口紅、眼影都強調她的大嘴巴、大眼睛。總而言之，現實的裕美一點都沒有男性化。

可是，聽她那麼說，我都很容易想像到，她在夢裡變成男孩子的樣子。記得小時候看過一部兒童小說，主角是個父母雙亡的女孩子，她性格很勇敢，打扮成男孩子，帶領嘍囉冒險去。裕美令人想到那種少男化的少女。

想到這裡，我不由得噗哧一笑，因為在腦子裡，我看到了裕美的老公樹一郎的臉。他留著辮子，又長鬍子，雖然個子小，給人的印象倒像個武士。但是，仔細觀察，樹一郎的臉很白，眼睛圓圓的很可愛，也不無像少女化的少男。原來，裕美和樹一郎是少男化的少女和少女化的少男相結合的。

樹一郎是工業設計師，裕美是透過老同學認識他的。

「那天，我先一個人到咖啡廳，等別人來。坐在最裡邊，我看見他進來，馬上有預感。果然老同學約的是他，大家談得很開心。之後見面幾次，我越來越喜歡他。可是，樹一郎那個人很不敏感，一直對我沒有任何表示。我等得不耐煩，結果自己找他說，你跟老子做朋友吧。」

哪裡有女人家自稱「老子」的？裕美平時也不是這樣講話的。當時因為她非常害羞，無法自然地說話，為掩飾自己的害羞，只好用老頭子般的口吻。如果是一般的男人，恐怕不會跟「老子」做朋友。不過，這世界畢竟有邱比特。樹一郎雖然覺得裕美與眾不同，卻對她有好感，不僅答應跟她做朋友，而且在短短幾個月內跟她訂婚了。

今天他們是十足的恩愛夫妻，唯一憂慮的是樹一郎的健康。日本人所說的「自律神經失調症」，其實是工作壓力太大而導致的神經衰弱。前一陣子樹一郎一直拉肚子，連坐地鐵上班都很困難，給醫生診斷為「自律神經失調症」。

「都是電視機惹的禍，」裕美解釋說：「實在太方了。」

以前樹一郎負責刮鬍刀的設計。「東西很小，可以握在手裡，你要它怎麼樣就怎麼樣，很符合我老公的性格。」公司把他調職到電視機部門，是晉級的。「但是，電視機這個東西基本上的型態早已定了，只能是四角的。而且最近時興消滅任何曲線，方到極點。拿它無法發揮創造力，樹一郎受不了了。」

凡人如我很難明白藝術家的心理。好在裕美也是藝術家，能理解老公的苦楚。經過幾番討論，樹一郎決定辭職。這對日本上班族來說，是非常大的決定。樹一郎自己從大學畢業到現在，十幾年都在同一家公司工作。一辭職，搞不好就帶來身分危機。

前些時，我收到了南太平洋大溪地島來的明信片，是裕美、樹一郎兩個人寄來的。「悠閒地躺在沙灘上，心情身體都好多了。在這裡，我不必吃鎮定劑。」樹一郎寫道。

大溪地島是畫家高更曾經住過的地方。在毛姆的小說《月亮和六便士》裡面，畫家拋棄文明生活而去大溪地，結果發現野蠻的創造力。裕美、樹一郎這個時候去休息，可說是再合適不過的地方了。想想他們今後的日子，在我腦子裡浮現少男裕美牽著少女樹一郎的手，揮刀跟怪物搏鬥的場面。

美人魚

自己的肉體得到公開的讚美，女人也自然感到高興。

有些男人做的事情露骨得令人臉紅。我認識兩個男人為了找理想的太太而去游泳池等候。事實之奇勝過小說，結果兩個都成功地釣上了美人魚。

唐納德是加拿大安大略省一個小鎮的西式推拿師，他太太辛西婭是菲律賓人。他們倆是在馬尼拉一家旅遊飯店的游泳池認識的。

二十多年前，唐納德學校一畢業就背著背包去東南亞各國漂泊旅行。泰國、馬來西亞、越南、柬埔寨、老撾、印尼，他都待過一段時間。唐納德說，他迷上了亞洲的風土人情。他也承認，風土人情包括女人。

後來，每隔兩三年，唐納德都到亞洲各地度假。他覺得亞洲女人溫柔可愛。相比之下，北美女人缺乏吸引力。

「我主要是想要有傳統的家庭生活，北美女人太重視事業，家庭生活給她們忽略了。我認為只在亞洲能找到理想的太太，」唐納德說。「同時，太傳統的亞洲女人也恐怕對我不合適。畢竟，婚後要在加拿大生活，最好找個西方化而且會說英語的女孩子。」

於是，十多年前，唐納德專門飛往馬尼拉，一下飛機就在五星級旅遊飯店投了宿，整天都在裡邊的游泳池等候。「在整個亞洲，菲律賓人是最西方化的。再說，來飯店游泳池玩的都是上流社會的孩子們，能遇上夢中情人的機會相當高。」

果然，有一天辛西婭跟幾個朋友來游泳，一下子給唐納德看上了。「我躺在游泳池邊的躺椅上看著辛西婭，她注意到了，好像不介意的樣子，我放大了膽子，走過去問她，想不想等一下到我房間來聊天？」

那天，辛西婭跟朋友們一塊兒到唐納德的房間。第二天，她一個人去了。顯然，她對唐納德也有好感。不久，他們倆訂婚了。

當時，辛西婭在一家跨國公司做主任，會說流利的英文。可是，結婚後搬到加拿大，一開始，生活各方面都很不習慣。「唐納德說，他要找個傳統的亞洲女人。其實，從前在馬尼拉，我是個十足的職業女性，收入很高，家裡有幾個傭人，根本沒做過家務。再說，這個小鎮的居民幾乎全是白種人，我作為亞洲人有時候也受歧視。」

辛西婭說，她最受不了的是唐納德在朋友們面前拿菲律賓的風俗開玩笑。「譬如菲律賓人吃狗肉，人家聽起來很野蠻似的。」她皺著眉說。唐納德也常跟別人講，他是在游泳池釣上了辛西婭的。有些人認為他的做法是性歧視加上種族歧視。辛西婭自己倒不是這樣認為的。唐納德說：「我一開始就給她的身材迷住了。至今都一樣，她扭一扭腰，我是不能不聽她的。所以在我們家，辛西婭是個主人。」

做法露骨的男人，換句話說，是老實直率的男人。自己的肉體得到公開的讚美，女人也自然感到高興。

我認識的另一個美人魚是多倫多一份日語報紙的老闆娘。

她丈夫年輕時一個人移民到加拿大去，在一家小報館工作。後來想自己辦報紙了。可是，一沒有錢，二沒有伙伴。於是飛回日本，為找錢才兼備的女人。

這個男人個子特別矮，才一米五左右。然而他的野心特別大。一回日本，他就到游泳俱樂部報名，要認識女成員。

命運這個東西實在莫測高深，俱樂部竟有個女成員個子比他還矮，在出版社工作了好多年，存了不少錢的老處女。兩個人的身高、年齡、志向都相配，不久結婚而搬回多倫多了。

後來老闆娘說：「其實我給他騙了。我當時不知道他是身無分文，連一張信用卡都沒有的。我那麼多年一點一點儲蓄的錢，全都變成廢紙了。」

不過，一講到在游泳池被看上，她就喜形於色。「我當初覺得他很好色、討厭，老看著我的身體。還好，他對我很認真、很專一……」果然，有些女人喜歡做法露骨的男人。

「奶奶」

後母和孩子們之間，卻不存在這樣的感情上的魔法。

Y家裡有位老太太，大家叫她「奶奶」。

「奶奶」雖然已過了八十歲，還相當漂亮，想必年輕時是很突出的美女。只是，她跟家裡的誰都不像，而且大家對她的態度，比客氣更接近冷淡。

「妳看出來了嗎？是的，她跟我們家是沒有血緣關係的。她怪可憐。爺爺在的時候還好，自從十多年前他去世，『奶奶』跟大家越來越疏遠。」Y說。

原來，「奶奶」是Y爺爺的填房。

Y的親奶奶，戰後不久得肺病去世了，當時三十多歲。家裡留下了剛過了四十的爺爺和正在讀中學的兩個孩子，是Y的父親和姑母。

Y的爺爺開比較大的自行車店，後來也開始賣摩托車、三輪車等。家中沒有女人料理家務、照顧孩子們，很不方便。再說，當年他自己也還年輕，需要老婆。於是決定討個後妻。

到底爺爺是怎麼樣認識「奶奶」的，大家不很清楚。反正，有一天他帶她回家了。

「奶奶」不是本地人，她生長在幾百公里之遠，靠日本海的富山縣漁村。來Y家填房以前，她住在一家溫泉旅館裡工作。

將近四十歲，長相出色的女人，單獨離開故鄉而在外地的旅館裡做事，讓人猜想她有不可告人的過去。

孩子們想念亡母，對父親娶後妻本來就很反感。看到爺爺的人選，更是極力反對。

尤其是Y的姑母，正要進入青春期，對男女的事情非常敏感。她愛文學，具有細膩的感受性，總而言之，絕對受不了那個女人來她家做父親的後妻、自己的繼母。

為了說服孩子們，爺爺講：「我工作忙，你們還在讀書，一定需要人料理家務。這跟年輕人談戀愛結婚是兩回事。你們也不用把她當母親。」

他那麼一說就決定了「奶奶」的後半生。她名為妻子母親，實為女傭。爺爺和兩個孩子對她並沒有什麼特別不好的。只是，她在家裡沒有地位。每天每天，一年復一年，她都從早到晚打掃、洗衣服、燒飯、洗碗，不停地做家務。

「奶奶」那麼拚命幹活兒，爺爺很滿意，卻沒能打動孩子們的心。Y的父親是男孩子，不肯流露感情。姑母可不同。她的感情是無法掩蓋的。

自從「奶奶」來填房，她都不能吃任何肉了。豬肉、牛肉不在話下，連雞肉、魚肉，她也無法吃下。只能吃一點米飯和蔬菜，她越來越瘦、越虛弱。四十多年前，人們還沒聽說過厭食症。現在看來，Y的姑母應是厭食症很早期的患者。

後來，姑母嫁出去，Y的父親娶了太太，有了Y和姐姐。一對男女一起生活好多年，自然產生情愛，即使當初沒有。然而，後母和孩子們之間，卻不存在這樣的感情上的魔法。

在爺爺面前，大家對「奶奶」算客氣。單獨跟她在一起，則很少有笑容了。在她背後，每說兩句都要加「畢竟沒有血緣關係」。

十多年前爺爺去世以後，「奶奶」在家裡更加孤立了。她半個世紀以前離開故鄉，後來幾乎沒有回去過。在Y家所住的小鎮裡，她永遠是個外地人，身邊沒有親戚朋友。偶爾有故鄉寄來的信件、包裹，但是沒有人問她是什麼關係的人。

自從Y的姐姐出生，已經三十多年，大家叫她「奶奶」。這樣子，Y的父親和姑母都不用叫她「媽媽」，很方便。不過，Y、姐姐，還有表弟妹升學、就業、結婚、生孩子等時候，父親和姑母一定說：「如果你們的親奶奶還在，她會覺得多麼高興。」

這幾年，「奶奶」很少說話了。過年過節時，一有人請她喝酒，她就喝個不停，直到酩酊大醉。她心中很痛苦，別人卻講到她曾經在溫泉旅館裡工作。

最近我接到Y來電。他說，有一天「奶奶」接到故鄉寄來的螃蟹，高高興興地吃了一口，就吐血絕命。享年八十四。

心井·新井

越洋搬家

自從他們結婚，這是第五次在日加兩國之間越洋搬家。

有一天，我想起住在大阪的老朋友，順手打個電話給她。

「喂，亞由美嗎？我是一二三，好久不見了！妳們都好吧？」

「一二三？都幾年了！妳知道我們不久又要去加拿大了嗎？」

「又要搬家了？」

「是，過兩個星期就要走。這次去渥太華。詹姆士要上那兒的電腦學校。他想畢業以後在加拿大找份工作住下來……」

我在電話線這邊不由得搖搖頭。那個詹姆士應該有四十歲了。他還想上學要改行，亞由美做他老婆多辛苦。我算一算，自從他們結婚，這是第五次在日加兩國之間越洋搬家，而且每次都是為了詹姆士上學改行。

十三年前，我在大阪認識詹姆士和亞由美。詹姆士在多倫多郊外長大，從小喜歡養鶺鴒，大學讀的是生物學。可是，畢業以後，他卻來日本大阪教英語，住在亞由美家附近。每天早上，他們坐同一班火車上班，逐漸認識。當時，亞由美剛大專畢業，在大阪機場的航空公司櫃台工作。她身材苗條，跟肥胖的詹姆士正相反。後來他們倆談上戀愛，當我認識他們時已經訂婚，準備第二年春天在大阪住吉大社舉行日式婚禮。

詹姆士是好人，也很愛亞由美，但是那天他邊吃大阪風味「御好燒」邊說的話，讓我預感到亞由美結婚以後的日子不會很好過。

「她目前住在父母家，基本上不需要生活費，把大部分工資和獎金存在銀行，到明年我們結婚時，她會有三百萬日圓的儲金，我準備拿那筆錢回加拿大。上大學時，我向政府借過錢，有三百萬日圓，還債以後，還剩下一些生活費……」詹姆士滔滔不絕，似乎沒意識到他自己在講如何花亞由美的錢。

第二年，我搬到加拿大，不久在多倫多又見到了詹姆士和亞由美。為了省錢，他們住在半地下的小公寓。詹姆士說：「很舒服，反正在日本住慣了小房子。」但是，一開門就見到整個房間，請客很不方便。生活在加拿大又不能不經常請客到家，我很同情亞由美的處境。

回到加拿大，詹姆士上課學習英語教學法，以便日後做專業的英語老師。亞由美則在日資公司當祕書，支撐兩個人的生活。未料，在學習的過程中，詹姆士發覺他本來對英國文學很感興趣。「專修文學，對以後教英語也很有用。」他說。

只是，他氣度實在太不凡了。他不僅要讀大學本科課程，還準備讀碩士、博士。因為以前學的是生物學，這回要從頭讀起，至少需要七、八年時間才讀完。

在半地下的小公寓，他們堅持了兩年。單單有亞由美的工資，是不夠生活費的。當時用的信用卡，結帳還是在日本。有一天，信用卡不能用了。詹姆士對亞由美說：「咱們先回日本打工，掙了三百萬再回來。」

日本有的是英文學校，黃頭髮的外國人要教英語，找工作容易得很。而且回到日本，他們能在亞由美父母家住。兩年以後計畫完成，兩個人果真又來多倫多，詹姆士繼續讀英國文學本科生，亞由美在另一家日資機構做事。

但是，詹姆士還沒讀完本科，從日本帶來的錢又花完了。亞由美說，是詹姆士喝太多啤酒的緣故，雖然不是每天喝，卻一喝就是一箱二十四罐。那一段時間，詹姆士不停地策畫如何一下子發財，一會兒，他說要把加拿大啤酒出口到日本；一會兒，他又說要把南美高山的羊駝帶到加拿大來養。最後，都沒有實現，詹姆士向他老婆說：「咱們先回日本打工。」聽到那消息，我有一次跟亞由美說：「如果妳想離開他，我隨時都給妳我家的鑰匙。」

亞由美還是跟老公一起回日本了。至今幾年，他們都在大阪，前些時有了女兒。我以為詹姆士終於放棄了做文學博士的念頭，要乖乖地在大阪教英語。沒想到，過了十三年，詹姆士仍然是老樣子。亞由美似乎已經達觀人生。她說：「他哪兒有做電腦的資質？哈、哈。」

胞弟一般

一開始聊天，大家就很談得來。也許有共同朋友的緣故，也許是同窗的緣故。

大約兩年前，還住在香港的時候，有一天，我的傳真機收到很長很長的一封信，總共十多張，是東京亞洲經濟研究所的研究員T先生傳來的。

第一張說，他不久就要來香港，想趁機跟我見面；第二、第三張是他出差的日程表。原來，T先生是個知識產權問題的專家，將要訪問香港、台北、吉隆坡、汶萊、北京等亞洲很多地方。第四張以後則是用日英兩種語言寫的履歷表以及他發表過的論文大綱。

看著傳真機吐出來那麼多張紙，我不禁發呆。學者的作風跟我們傳媒人實在不一樣。做自我介紹，就要給人看兩種語言的履歷表和論文大綱！是否我非得全看不可？

T先生的名字，我看著很眼熟，而且他在第一張上寫「好久不見了」，應該是從前認識的人。幸虧，他傳來了仔細的履歷表，翻一翻，我發現，他跟我同一時期在早稻田大學政治系讀本科生。好像是同一個研究室，比我晚一年的男生。

他記得我，我不記得他，在早大政治系一點都不算奇怪。因為當時在系裡，女學生只占百分之七而已，也就是說，男生比女生多十幾倍。

傳真機終於停止的那瞬間，電話鈴就響起，我一接，對方就說：「好久不見了，我是T。」聽到聲音，我知道他是誰了。十二年前，我們都是大學生的時候，他也有一次忽然打電話到我家來，開門見山地說：「我是T。妳明天跟我一起去看照片展覽好嗎？」當時，我跟他屬於同一個研究室，每星期見一次面，可是男學生太多，我無法個個都記得。接到他電話時，我其實不知道到底是哪一個男孩子，不過畢竟是同學吧，沒有理由迴避，於是答應下來，翌日星期六，跟他出去玩了一天。

T是個很特別的男孩子，非常聰明，興趣廣泛，卻有一副所謂的撲克臉，很難捉摸他的感情。那天跟他一起看照片展覽，也邊喝咖啡邊聊天，我始終不懂他為什麼要叫我出來。他顯然不是要追我，只是高高興興地談天說地。現在回想，他當時已經是日本少有的會話家；可惜，我的水平沒他高，無法欣賞純粹會話，心中覺得很累。

到了傍晚，T還不說要回家，我作為比他高一班的前輩又不肯先告辭，乾脆把他帶到我當時常去的小酒館。位於神田神保町，那家小酒館的常客很多是出版界的人，熱烈歡迎好奇好學愛聊天的大學生。看著T跟別人談笑風生，我鬆了一口氣，似乎盡了前輩的責任。一整天緊張以後忽然鬆弛，那晚我特別容易喝醉酒。第二天早上起床時，我一點都記不起最後如何跟T告別。

十二年以後聽到T的聲音，我一下子想起來了這麼多舊事，笑著跟他說：「你總是突然打來電話。」他卻一本正經地講：「我就是不想突然打電話嚇壞妳，所以剛才先傳給妳一大堆東西。」我覺得，T的作風有一貫天然的幽默感，只是我以前不明白。

幾天以後，我跟T再會。奇怪，我和他從來沒有過親密的來往，可是這回，感覺有如見到了胞弟一般，溝通極其容易，而且說話沒有忌諱，自由得很。

上星期天，我在東京參加T的婚禮。他現在是廣島大學法律系的副教授，據說快要做個博士了。新娘是他去廣島以後認識的，比他小八歲，在大學會計部門工作。

在香港再會以後，我只見過T一次面，是我自己的婚禮上。沒想到，這次會面又是在T的婚禮上。跟我坐同一桌的，有一半是T高中時候的同學，另一半則是大學同學。大學時候的朋友，我也是應該認識的，只是早大政治系的男生實在太多，我本來就不能個個都記得，何況過了這麼多年，簡直跟陌生人一般。有趣的是，一開始聊天，大家就很談得來。也許有共同朋友的緣故，也許是同窗的緣故。

跟他們聊天，我發覺我其實甚少知道T的經歷。也難怪，十多年來，我們只傾談過兩次而已。胞弟一般的感覺，到底從何而來？

漢娜

我本來打算去朋友家度假，結果像進了修道院一樣，心情不能非常好。

俗話說，每個人都至少能寫一本書，因為每個人的一生都像一部小說。我進一步認為，每個人的一生都是好幾部小說，同一個故事也能夠從幾個不同的角度講述。

譬如，捷克女人漢娜。我曾經在一篇文章裡寫過她和丈夫米羅舒的故事。可是，最近回想幾年未見的漢娜，在我腦子裡，她的故事變成另一個樣子，雖然都是事實。

漢娜和米羅舒是一九六八年的「布拉格之春」失敗以後流亡到加拿大的捷克知識分子。二十多年來，米羅舒做會計，漢娜從事社會工作，在多倫多建立了專業人士的生活。但是在心中，他們卻一直是流亡分子，總是想著家鄉，於是在加拿大沒有買房子，也沒有生育孩子。

一九八九年的「天鵝絨革命」終於給他們帶來了回國的機會。可是，去了幾次捷克，並在布拉格買了房子以後，他們卻決定先留在加拿大。差不多五十歲的一對夫妻，兩人都辭掉了工作，搬到離多倫多一百五十公里的農村去了。他們說：「城市生活太累了。既然住在加拿大，應該好好欣賞大自然。」我估計，他們的決定是跟某種失落感有關的。

「事件」發生在三年前的秋天。我老遠去安大略鄉下見漢娜和米羅舒。事後有個朋友說，在好幾天都見不到人影的鄉下，即使跟好朋友，在小小的房子裡一起過三天三夜，不鬧翻才奇怪。也許他說得對吧。

反正在那三天裡，氣氛越來越緊張。一來，我以前見他們，都是在外頭，對他們的生活習慣不熟悉；二來，我本來跟米羅舒比較熟，至於漢娜，雖然見過幾次，說不上很談得來。

我贊成人們過簡單的生活，可是米羅舒和漢娜的生活，樸素到我簡直無法忍受的地步。房子裡的擺設，簡單得像學生宿舍。每天三頓飯的內容，也簡單得像學生食堂。傍晚喝點酒，但只限一杯。家裡沒有錄影機，也沒有CD音響組合，看的書是從圖書館借來的。

我本來打算去朋友家度假，結果像進了修道院一樣，心情不能非常好。對於我的感受，米羅舒一點不在乎，漢娜則敏感得多。我沒說什麼，她也沒說什麼，但是我非常清楚，她知道我不開心。

最後一個晚上，坐在客廳的沙發上聊天，但是沒有音樂，酒杯早已乾了。我們談的是東西方文化的差別、東西方移民在加拿大的處境等。突然間，漢娜從沙發上站起來，頓足捶胸帶哭地對我說：「妳把我叫作西方人，令我太痛苦了！」然後跑進臥房裡去了。

她的態度，當然使我很吃驚。可是，一樣使我吃驚的是，米羅舒認為一切都正常。他只對我解釋說，他們剛來到加拿大的時候，因為是「東方陣營」來的移民，曾受到歧視，漢娜一直忘不了那種屈辱感。

三年過去了。好像在我的下意識裡，漢娜成了一個謎，我無意識地收集線索，要找到謎底。

在我腦子裡，漢娜頓足捶胸哭泣的場面至今很清楚。我估計，她是長期接受心理療法的。頓足捶胸恐怕不是感情爆發的結果，反而是心理醫生教她的放開自己的方法。我知道，因為我也曾接受過心理療法。

我想起來了當初怎麼樣認識漢娜。原來，米羅舒在一家雜誌社的會計部門工作，看到了我寫的移民手記。有一天我去雜誌社，他主動地跟我講：「我妻子看了妳的文章，非常喜歡。妳寫的，跟她的經驗很相似。」但是我沒有認真想過，在西方國家加拿大，一個歐洲移民的經驗怎麼會跟東方移民相似。

忽然，我想起一個場面。有一次，當我講起宗教時，漢娜顯得很不舒服。哎，原來她是個猶太人。算一下她的年齡，是二戰剛結束時候出生的。恐怕她父母失去了很多家人親戚。

我一直以為漢娜的故事是流亡捷克人的故事。可是，大概，更重要的是布拉格猶太人的故事，跟卡夫卡一樣的。

【輯3】

生命的郊區

三十五歲的困惑

到了三十五歲，大家仍然保持著二十來歲時候的生活方式。

「妳的診察卡是不是蓋有『高』字印章的？」去年夏天，當我剛懷孕的時候，妹妹逗弄似的問我。

我以前就聽說過，三十五歲以上生孩子的算高齡孕婦，在產科醫院的診察卡上要蓋「高」字印章，為的是提醒醫生這個孕婦年紀大、容易出毛病。我懷孕時正好三十五歲。妹妹那樣問，顯然是要挖苦我，只是她消息不靈通，不知道時代早已不同了。

「沒有。如今成熟孕婦越來越多。三十五歲生孩子並不算特別。」我說。那是真的。在長達九個半月的妊娠期間，醫生連一次都沒講到我的年齡。畢竟，在產科醫院的候診室，或在保健所舉行的產前講座會場，我看到的其他孕婦，至少三分之一是三十歲以上的。

其實，我這麼「晚」才第一次生孩子，一個因素是受了周圍朋友們的影響。在我高中、大學時代的同學當中，結過婚的不到一半，有了孩子的更為少數。跟世界其他大城市一樣，東京也有越來越多「自以為還年輕」的中年男女。到了三十五歲，在他們的自我感覺上，大家還是少男少女，仍然保持著二十來歲時候的生活方式。反正，日本人的平均壽命比過去長得多了。以前的人只活到五六十歲，現在人生延長到八十多歲了。於是有學者說，今天的年齡乘零點七，才等於過去的年齡。也就是，三十五乘零點七＝二十四點五。你看我們還不到二十五歲呢。

總而言之，今天的三十五歲很年輕。妹妹，妳別講到什麼「高」字印章好嗎？

然後，去年底，山一證券公司關門，幾千名員工失業了。日本經濟的根基還不算太薄，多數人不久就找到了新的工作。只是，據報導，有一群人面對困難。他們就是「三十五歲以上的人」。

那則消息使我大為震驚。以往的日本大公司施行所謂「終身僱用制」和「年功序列制」；年紀越大職位越高，收入也越多，個人能力反而是不怎麼緊要的。在這種制度下工作，對年輕人來說比較不利，因為跟工作量相比，他們的工資是給壓低的。好在「終身僱用制」保障將來一定能恢復早年的損失。

任職日本大公司而三十五歲失業，是非常不合算的情況。何況在經濟不景氣時代，其他公司都寧願僱用工資較低適應力較強的年輕人。但我沒想到，在就業市場，「年輕人」的上限是三十四歲。一到三十五，就屬於跟四十五、五十五的人同一個範疇裡，雖然在自我感覺上，大家還是少年少女。我沒有在山一證券工作的朋友。可是，跟我一樣年紀的人面對找工作的困難，令我覺得一下子年老了。

我們這一代人，出生以後第一個記憶是一九六四年的東京奧運會，那之後日本經濟真正起飛了。幼兒園、小學、中學時代，家裡的電器一年比一年多。從黑白電視機到彩色電視機，從單門冰箱到雙門冰箱，還有熱水器、冷氣機、微波爐、音響組合、錄影機，每件都是國民經濟改善的具體表現。我們上大學的時候，日本已經是堂堂經濟大國了。大家去海外旅行，花很多錢買世界名牌。接著而來的是阿狗阿貓都炒股票炒房地產的泡沫經濟時期。當年的東京，每天都像嘉年華一般。現在的蕭條，就是那個時候掘的墓。結果，我們正在平生第一次經驗通貨緊縮，工資下降，物價也下降。

成長在經濟繁榮時期，講肉體和自我感覺，今天的三十五歲很年輕，給產科醫生消除「高」字印章了。然而，不景氣時期的經濟現實，卻在我們身上貼住了「高」字標籤。

生孩子的「理由」

忽然想起來了人生原來有這麼一個「選擇」。

很難想像直到三十年前避孕藥發明，女人生孩子不是一個「選擇」也不是一種「生活方式」，而是不容置疑的「自然現象」。但以前的人恐怕想像不到，一旦成為「選擇」，就有很多人想不出要生孩子的「理由」。

據最近發表的統計，如今在日本，十五歲以下的兒童人口少於六十五歲以上的老年人口。日文所謂的「少子化、高齡化」非常顯著。這是二十多年來出生率逐漸下降的結果。今天，平均每一個日本女人生的孩子不到一個半。

十多年前，我曾聽過一個女詩人講：「生孩子是女人最好的消遣法。」她是有名的女性主義份子，自己沒生育過孩子。當時，我是個女性主義的大學生，覺得她那句話說得不錯。沒有其他本事、志願的女人才要生孩子打發時間。反正，生孩子是人人都會做的事情，我自己要活得特別一點。

只是，我那種想法其實一點都不特別。這些年頭，受過高等教育的城市女人，個個都要活得特別一點。結果，人人都不生孩子了。

在我大學時代的同學當中，第一個生孩子的是ＫＲ。我們都三十歲時候的一天，她打來電話告訴我，肚子裡已經有了小孩，準備生下來。

「為了自己一個人活，人生實在太長了。」她說。我馬上想起了女詩人說過的話。難道她對人生感到的倦怠那麼嚴重，除了生孩子以外，沒有其他辦法消磨時間了？

不過，ＫＲ並不是要做人人都做的事情。她沒結過婚，而且肚子裡的孩子是日澳混血兒。她的「選擇」可說是很特別的。

之後的幾年，在我老同學當中，單身母親ＫＲ是唯一生過孩子的女人。至於其他人，很多都還沒結婚，每人都忙於工作，雖然已過了三十歲，仍說：「生孩子？以後再說。」

講到出生率下降，大家都說如今的女人不願意生孩子，但實際上，她們的異性伙伴都不要孩子的。「我負不了那麼大的責任。」今年三十八歲的雜誌編輯說。他跟太太結婚接近十年，「她最近暗示差不多到了生孩子的時候了，我卻不敢。」三十五歲在學校任職的男人說：「我們收入有限，最好都花在自己身上。」

不管是男的還是女的，今天的人想出不要孩子的「理由」很容易，例如為了工作、為了自由、為了經濟。相比之下，找個「理由」生孩子相當困難。尤其在東京，十五歲以下的兒童才占總人口的百分之十二而已。多數大人根本沒機會看到小孩子，難怪很多人忘記了從前生孩子是人人都做的事情。

我自己最近生了孩子，並不是因為找到了很好的「理由」，反而是面對時限，忽然想起來了人生原來有這麼一個「選擇」。你也可以說，到了最後我給「自然現象」壓倒了。無論如何，在我生活的環境裡，結婚生孩子算是相當特別的事情，很多人表示無法理解我的「選擇」，何況受了女性荷爾蒙的影響，我都講不清楚要生孩子的「理由」。

在我分娩的醫院，產婦分兩種：一種是二十來歲的年輕人；另一種是跟我一樣的中年人。看來，如今生孩子，要麼在沒考慮為什麼之前，要麼在沒時間考慮為什麼之後。

有一個助產士，帶著諷刺的語氣跟我講：「妳年紀不小，應該玩夠了吧？」在她眼裡，惟有生育孩子才是女人真正的工作，其他事業什麼的，只算是玩耍而已。我聽著心中很反感。畢竟，這些年來，我並不是專門玩的，還做了些工作呢。

出院以後，在家裡照顧嬰兒，我才明白助產士說的意思。真的，我從來沒做過這麼辛苦、責任這麼重的工作。但是我們每一個人都是給母親這樣抱大的。把乳頭放在嬰兒嘴裡，我覺悟，人活著原來不是為了消遣。

保母啊，保母！

家庭工人消失的時候，也是日本社會都市化、核心家庭普及的時候。

我一個日本女朋友長期在香港開多媒體公司。幾年前，她生孩子的時候，事先僱用了一個保母，是菲律賓人。當我朋友出院時，保母抱著嬰兒一起回家，之後一手把孩子養大了。

「她養育過自己的孩子，也在別人家裡當過保母，很懂得照顧孩子。有她在家，我才能放心出去工作。」我朋友講。在她家裡，本來就有料理家務的菲律賓人。香港有不少女強人能使工作和家庭生活兩不誤，一個很大的原因，就是僱用家庭工人既方便又便宜。

很多菲律賓人要離鄉背井到海外當家庭工人，對她們自己來說也許是悲劇，但確實幫了全世界很多女人的忙。

我以前住在多倫多的時候，在中產階級朋友們的家裡，發現照顧小孩子的一般都是菲律賓人。有一對加拿大夫妻，兩人都是中學老師，過了三十歲才有了第一個孩子。本來太太準備辭職在家裡帶孩子，後來發現肚子裡有雙胞胎，算來算去，丈夫一個人的工資恐怕不夠養育兩個孩子。於是改變原來的計畫，太太要繼續工作，透過介紹公司遠路請來了一個菲律賓保母。他們的房子不很大，為兩個孩子準備房間以後，剩下來的空間不多，只好在地下的電視房裡把一個角落隔開起來當作保母的臥房。雖然很小很小，她的居住條件還比在香港工作的同胞強。在香港，有些「菲傭」晚上睡在廚房地板上。

我小時候住過的家有個小房間，是專門給傭人住的。一九六〇年代以前的東京，還有不少鄉下女孩當家庭工人。她們是十五歲初中畢業以後到首都來，在結婚之前，要工作幾年的。我估計她們當時的工錢跟現在的菲律賓人一樣少，否則中產階級僱用不起。後來日本經濟起飛，那些鄉下女孩都到工廠上班去了。從此以後，至今三十年，日本社會沒有家庭工人。一個原因是日本政府沒有把這個勞動市場開放給外國人。如今日本也有很多菲律賓女人工作著，但是大多數在所謂「娛樂」行業裡。

家庭工人消失的時候，也是日本社會都市化、核心家庭普及的時候。從前大家都生活在農村般既開放又密切的人際關係網裡。鄰居之間的來往頗多，於是有句俗語說，遠親不如近鄰。那樣的時代完全過去了。現在很多人都住在公寓大樓裡，不知道隔壁住的是什麼人。家庭裡只有夫妻和孩子，跟親戚見面的機會也不多。

我生了孩子以後才感到，其實核心家庭是很不合理的。照顧小孩子是全職工作，如果家裡有幾個大人，凡事可以通融。但是只有夫妻兩個人，先生去上班以後，太太連上洗手間的時間都沒有。以前女兒生產時，母親會來幫忙。現在年紀大的女人很多都有工作，例如我母親和婆婆，都過了六十歲，仍然每天上班。

在家裡沒有幫手，也無法僱用保母的情況下，日本女人的生活，一生孩子就非徹底改變不可。首先，繼續工作實際上不可能。法定產後休假只有八個星期，無薪育嬰休假只到孩子滿一歲為止。即使找到了托兒所，早晨把小孩送去傍晚接回來，再加上其他家務，從事全職工作實際上不可能。其次，辭掉了工作留在家裡照顧小孩，跟社會接觸的機會很少了。日本沒有北美洲般的、以夫妻為基礎單位的社交活動。先生參加朋友的婚禮，往往都不帶太太自己去。何況有了孩子，太太幾乎給關在家裡一樣，除非找同樣處境的女人，白天一起推著嬰兒車出去。

我家公婆都從事自由行業，不用上班，各方面都能互相通融。但是沒有保母，無法兩個人出去。想到外面去散散心，只好輪流地推著嬰兒車找找小娃娃哭都不礙事的地方，例如百貨公司屋頂上的「啤酒花園」。於是我家小娃娃生後兩個月就成了「啤酒花園」最年少的常客。

同甘共苦

她們之間的區別好像在於丈夫有沒有陪伴漫長的陣痛過程。

我不知道台灣的情況怎麼樣，反正在日本，當太太生孩子的時候，在分娩室裡陪伴的丈夫還算少數。

一方面，很多人仍然認為生孩子是女人的事情，跟男子漢不相干，即使要生出來的是他的孩子。

這些人包括男性也包括女性。據日本孕婦雜誌的調查，至少一半的女人不希望丈夫看到自己生孩子的場面。她們害羞是一個原因。但同時，日本有一種傳說：男人一看到太太生孩子，就無法再把她當「女人」看。我估計，更多女人怕丈夫對自己失去性欲。

另一方面，大醫院的做法往往是很排他性的，不讓外人看到在裡面發生著什麼，即使那外人是將要生出來的孩子的父親。

去年夏天，我弟婦在東京一家國立醫院生了孩子。那家醫院只讓一部分丈夫在分娩室裡陪伴太太，而且要陪伴的話，必須事先上幾堂課學習分娩過程。

弟婦生產那天，我弟弟穿好白衣、戴好白帽，一手握著太太的手，另一手拿著錄影機。事後，他們帶剛出生不久的女兒和她出生時候的錄影帶來我家。

原來，陪伴的丈夫站在太太的旁邊，醫生不讓他看到（更不讓他拍到）孩子出來的地方，也許是考慮到對丈夫的心理影響的緣故。

差不多同一個時候，我小姑子在大阪的一家私立醫院生了孩子。那家醫院的政策放鬆得多，不僅讓她丈夫進分娩室，也讓她婆婆進去陪伴了。再說，當孩子生出來以後，醫生把剪刀交給她丈夫，叫他把臍帶剪掉。

「我沒想到臍帶是那麼粗的，剪掉時要使勁。」他事後說。

對丈夫的陪伴，弟婦表示很高興，小姑子則不怎麼樣。她們之間的區別好像在於丈夫有沒有陪伴漫長的陣痛過程。畢竟，產婦到醫院以後，大部分時間是在病房裡忍受陣痛的。等子宮口完全張開以後，才到分娩室，開始具體的生產「勞動」。跟弟婦不同，小姑子忍受陣痛時一個人在病房裡，當她去分娩室以後，丈夫才跟他母親一起出現。難怪小姑子覺得，她丈夫專門「同甘」而不肯「共苦」。

有了那些先例，今年春天我生孩子的時候，老公不能不陪伴到底了。我選擇的是家庭經營的小醫院，凡事很隨便，丈夫在分娩室裡陪伴也不需要事先辦任何手續，到時候打招呼就可以了。因為我是夜裡生孩子，醫生早就脫下白色工作服，只在便裝上繫了橡皮圍裙。至於我老公，沒穿白衣也沒戴白帽，其實連手都沒洗好。醫院的衛生規則是因地制宜的。

我要老公陪伴到底，就是我性格軟柔，不敢自己忍受痛苦，面對陌生經驗的緣故。生產之疼痛跟其他疼痛的區別是，因為屬於自然現象，而不是病，醫生不給止痛片吃，別人也不同情。產科醫院的護士、助產士，每天見到很多產婦，對激烈的陣痛司空見慣，看到我痛得不能說話，也一點都不同情，反而說：「妳這麼痛是還不夠的。再堅持半天吧！」

在那樣的時候，除了對丈夫以外，產婦還能對誰發脾氣？再說，除了丈夫以外，有誰願意挨著罵照顧產婦？擦她腦門上的汗，給她水喝，按她的腰？

事後我老公說：「一起忍受了長達十多個小時的陣痛，分娩本身好比一起跑到終點，沒什麼大驚小怪的。」

跟我弟弟不同，老公拿的是照相機，而不是錄影機。當寶貝呱的一聲墜地，老公放開我的手，馬上開始拍照。助產士給娃娃洗身子、量體重的過程都有紀錄了。因為我當時還躺在分娩檯上，老公比我先看到了寶貝。

後來父子關係很密切，大概是寶貝一出生老公就認識他的緣故吧。可喜可喜。

渴睡

我這半輩子，懶覺睡得最光明正大，是懷有孩子的時候。

做了母親，得到的樂趣有各種各樣的。但是也有些樂趣非放棄不可，在我來說，其中最大的是睡懶覺的樂趣。

孩子剛出生以後，老公每天都拿著錄影機對我進行訪問。

「妳現在最高興的是什麼？」

「妳現在覺得最辛苦的是什麼？」

前者的答案每天變化。後者的答案卻是千篇一律。我打著呵欠說：「不能好好睡覺。」

那一段時間，現在回想都實在很辛苦。新生兒不懂白天和晚上有區別，一天二十四小時，每隔兩個半小時要起來大哭一場。孩子哭了，要給他換尿布、餵奶。

換尿布，我很快就習慣了。然而，餵奶是在三個星期的奮鬥以後才上了軌道的。當初，母乳分泌不夠豐富，孩子也不大會吸住奶頭。經過一場惡戰，還是沒能給他喝多少。只好調一瓶人工奶再餵小娃娃。有時候，他肚子一飽就睡覺。但也有時候，喝完了奶都繼續哭，使我完全沒辦法。好不容易哄娃娃睡覺，我發覺乳房漲了，要用機器一滴一滴地擠奶。擠完了，要趕到廚房，把奶瓶等東西洗好後放在鍋裡沸騰消毒十分鐘。

整個過程結束時，至少已過了兩個小時。在孩子下次起來之前，我若能睡半個小時就算很幸運的了。難怪，剛出院以後的一個星期裡，我瘦了五公斤。我估計，除非家裡有保母，全世界每個國家的女人第一次生小孩以後的情形都差不多。

令人不服的是，在同一段時間裡，孩子的爸爸學會在娃娃的哭聲中熟睡。到了滿月，娃娃一磨，母親就醒過來。他大哭一場，父親還在旁邊睡得很香。

我是從小需要很多睡眠的人。小時候，其他孩子們被父母罵了幾頓都不肯去睡覺。我倒是每晚到了八點鐘自動睡著的。並不是因為我很乖，而是因為我很愛睡覺。有時候，親戚的孩子們聚在一起過夜，大家商量，等大人們睡著，咱們在被窩裡交換祕密，或者出去探險去。然而，只有我一個人總是到了八點就進入夢鄉，永遠不知道夜裡發生了什麼事。

中學時代，有不少同學在期中、期末考試之前開夜車。我沒有那種能力，只好在考試的半個月以前開始，一點一點地做準備。

大學時候，通宵喝酒的機會很多。過了凌晨一點鐘，已經沒有電車、地鐵，同學們在早稻田地區的居酒屋，躺在榻榻米上，啜著啤酒等天亮。令我吃驚的是，竟有人從居酒屋直接到大學上早晨的第一堂課。我絕對做不到，要坐頭班電車回家補睡，醒過來時大都已經是傍晚了。

其實，我每次加盟上班族隊伍都不及格，主要是太愛睡覺的緣故。每天早上給鬧鐘打破甜夢，我覺得實在很痛苦。勉勉強強到辦公室，情緒極為低落，連本來有的一點能力都無法發揮。

我這半輩子，懶覺睡得最光明正大，是懷有孩子的時候。害喜期間，我一直發低燒，沒有力氣走動，於是整個下午都躺在床上，翻著書報迷迷糊糊。吃完了晚飯，更是理直氣壯地打呼嚕。後來燒退了，但是身體也重了，懶得走動。幸虧那個時候老公很體貼，替我料理家務、買東西，於是我大半天都躺在床上，越來越像個樹懶。

事後回想，孕婦多點睡覺是應該的，一方面，身體確實不大舒服；另一方面，孩子一出生，再也不可能睡覺睡個痛快。

不過，娃娃漸漸地長大，一口氣能睡的時間也越來越長。我家的娃娃過了六個月，有時從晚上十點鐘睡到早上六點。這樣一來，做母親的都能夠休息一下。跟當初每兩個半小時要起來換尿布、餵奶、哄娃娃睡覺、洗奶瓶……比較，簡直是天堂。

只是，好事多磨。凌晨兩點，我和孩子都睡得香甜時，我家那位才完成男人偉大的業務回來，吵醒娃娃。我只好起來去哄他。在哇哇哭聲中，做父親的毫無困難地入睡，令人實在不服氣。

兒媳婦

我作為兒媳婦，不能不幫她，也不能幫她，實在進退兩難。

年底，跟著老公、帶九個月大的兒子到兵庫縣的婆家，本來準備待十多天，大家一起快樂地迎接新的一年以後慢慢回東京。

未料，結果卻鬧了大矛盾，匆匆地吃完年飯，提早幾天，坐元旦的新幹線回來了。

事後，跟老公開檢討會，我們都認為當初過於樂觀。無論在什麼情況下，不應該在別人家住那麼長時間。尤其是年老的公公婆婆和我們，生活習慣和節奏很不一樣；在一起，大家都覺得很累。

「其實，以前我自己回家，每次才三四天而已。更長了，一定要吵架了。」老公說。還好，當時矛盾只在父母和兒子之間，過些時候，大家息怒，和解並不困難。現在，多了一個兒媳婦，問題就複雜得多了。

我們計畫在婆家住那麼長時間，本來有兩個原因。首先，我們第一次帶寶貝兒去婆家，想給老人家和小孩子雙方足夠的時間認識。以前都是公公婆婆來東京，跟孫子玩個一兩天就走的，很難給小孩子留下深刻的印象。

另外，婆婆十二月初退休，不用再上班了。我們早點到婆家，可以跟她出去玩玩，或者買東西，慢慢準備做年飯。

出乎大家的意料，婆婆一退休，公公也就不想上班了。他決定得很快，在短短兩個星期內，真的結束了長達四十多年的工作生活。當我們到婆家時，已經是公公退休後的第五天了。

公公婆婆結婚後差不多四十年，兩個人都在家裡，這倒是第一次。我一到婆家就察覺，情況有所不對了。也難怪，婆婆退休的日期，一年半以前早就定了，她一定心想，退休以後做這個做那個。畢竟，除了養育小孩的幾年，她都工作了一輩子。在自己退休以後，丈夫還沒退休以前，是人生難得的休閒時間。公公去年夏天則換了新的工作，本來準備做兩三年以後再考慮退休。

老夫妻忽然整天都在一起，婆婆明顯地很不高興，公公卻不理解。帶我們去掃墓、見親戚，婆婆都要讓公公留在家裡，說是「有四個大人，叫計程車都不方便了」。公公不甘寂寞，一定要跟大家出去，結果氣氛很彆扭。

婆婆本來是很細心的人，可是這回，恐怕是自己不快活的緣故，經常心不在焉。我和老公能夠對付。然而，小娃娃可不一樣。他正在吃斷奶食，肚子一餓就馬上要吃，否則會吃不下，晚上又睡不著覺。

我平時在家裡照顧小孩，都有時戰戰兢兢，到了婆家，廚房不屬於自己，彷彿失去了雙手一般。婆婆好意給孫子做飯，但是往往做得太慢，內容也不對。小孩子不開心，我也緊張，婆婆自然都不愉快了。

公公婆婆兩個人，雖然做了很多年的雙職工，家務卻由婆婆一手料理。她不習慣跟別人合作。我作為兒媳婦，不能不幫她，也不能幫她，實在進退兩難。

大家感到壓力時，第一個受影響的是小孩子，他逐漸沒有了胃口，晚上也睡不好了。

我們在婆家的第五個晚上，邊喝酒邊聊天時，老公說的一句話得罪了公公。「如今老婆小看我，連兒子都不尊重我了。」他大聲罵，而且越罵越生氣，聲音也越大。那天晚上，小娃娃每半個鐘頭哭一次。我連續幾晚沒睡好，早晨起床照鏡子，臉色難看得很。

大家需要散散心，我們三口子去郊遊一天，玩得很開心，傍晚回來時，小娃娃也很快活。對前晚公公大叫大嚷，婆婆和老公似乎司空見慣，我心中卻很不舒服。

公公要跟小娃娃玩，但是不懂得怎麼樣做。到了婆家後每天都一樣，小娃娃高高興興自己玩著，公公去打擾他，最後讓他哭。我忍了幾天，再也忍不下去了。在一個小時內，公公叫小娃娃哭了兩次。他飯都沒吃，哭著睡著了。

無論如何，兒媳婦罵公公是不應該的。這一點，我也知道。不僅得罪了公公，也得罪了婆婆，當然老公也不開心。好吧，我認錯。但是，但是，兒媳婦實在難當啊。

世紀末的媽媽

照顧小孩兒是連日連夜的體力勞動，但同時也讓我不停地思考生命之奧妙。

東京郊外，交通不算方便。很多年輕媽媽騎的自行車，身前坐著一個小孩兒，體後也坐著一個小孩兒，說不定背上還有一個。

一定好重。若在幾年前，她還是個小姐的時候，根本騎不動的。

小姐和媽媽之間，到底有什麼區別？

生了孩子，身體也許不如以前了；連日連夜照顧小孩兒，體力都快耗盡了。小姐要病倒的時候，媽媽卻非堅持不可，因為沒有人能夠代替她。

女人做了媽媽，覺悟和意志就是跟從前不一樣。

「母親偉大」。說得不錯。不過，我現在明白，最偉大的是，本來一點都不偉大的普通女人，一旦生了孩子就要做偉大的母親，而且一般都能做到。

日本報紙說「密室育嬰」的弊病已有二十多年了。傳統的大家庭以及街坊，過去的人以為是拖累。都解體以後，才發覺，原來所有的「支援機制」也一同消失了。如今住在大樓公寓裡，雖然隱私得到保護，沒有人來干涉，但是個個都孤立著，一點都得不到別人的幫助。

尤其是郊外的年輕媽媽，丈夫早出晚歸，整天自己看小孩兒，幾乎沒機會跟大人說話，患上神經衰弱也不奇怪。

倘在西方，到了週末就有夫妻雙雙參加的社交活動，讓女人散散心。可是在日本，哪裡有什麼社交活動。一有孩子，連原有的人際關係都像落潮般的減少，說是「體貼妳出來不方便」，反正請帖上只留下老公一個人的名字。

在加拿大，中學生做的第一個臨時工作，一般都是照看鄰居的小孩兒。那些中學生在學校上課學過如何照顧小孩兒。再說，彼此是鄰居，不僅中學生本人而且她（他）父母都認識，於是留下孩子出去不必太擔心。

日本沒有中學生照看小孩兒的習慣，也沒有那些受過訓練的中學生。假如需要請人照看小孩兒，只好給保母公司打電話。在緊急情況下，有那樣的服務很方便，但不是一般人平時可以用的服務。

我小時候，每次母親生小孩兒，總是姥姥來看大孩子們。二十、三十年前的日本祖母，都會照看孫兒女。如今可不一樣。今天的祖母們，自己只養過一、兩個孩子，也是三十年前的事，後來身邊沒有小孩兒，早已失去了照料孩子的技術。再說，現在的六十幾歲認為晚年是第二個青春，要好好兒享受自由時間，不希望孫兒女經常打擾她們，於是有俗話說：「孫兒女，來時高興，走時也高興。」

總之，在二十世紀末的東京郊外，做媽媽不容易。我覺得，多麼辛苦的工作也一年總得放幾天假吧，比做媽媽輕鬆。而且做工作有薪水，以及社會給與的承認。

我們活在奇怪的時代。養育孩子，本來理應是最崇高的事業。然而，今天的社會卻看不起。說「母親偉大」，但語氣很像在讚美大自然，而不像肯定人的作為。

儘管如此，我一點都不後悔做了媽媽；恰恰相反。如果我早知道生孩子這麼好，一定早十年就生了。

做媽媽雖然很累，精神卻很充實，因為人生的目的非常明確。以前，「我為什麼在這裡？」「做這個工作有什麼用？」「人生的意義到底何在？」等等問題老使我苦惱。我看了很多書，換了好多次地方，也換了好多次工作，但總是想不開。

生了孩子，大開眼界，原來人生這麼簡單。照顧小孩兒是連日連夜的體力勞動，但同時也讓我不停地思考生命之奧妙。孩子開心地吃一頓飯，做媽媽的感覺無限幸福。孩子的胃口是媽媽的報酬，因為它表示生命健康順利地延續著。

以前老使我苦惱的問題都消失了。再說，無論如何在社會上孤立，都不會有從前做大城市的單身女人時那樣的孤獨感。幸虧。

看醫生

醫生受歡迎不完全是好事。一來等候時間長；二來說不定在候診室染上別人的病。

孩子打噴嚏、流鼻涕，看來得了感冒。應該不應該帶他去看醫生？

在東京，三歲以下的小孩兒看病是免費的，連藥費都不用付。而且，我家對面就有個小診所，去看醫生方便得很。

只是，看醫生有看醫生的風險。

對面的小診所，叫做「佐藤醫院」，是一對夫妻開的。先生是內外科大夫，太太則是小兒科醫生。

每次去「佐藤醫院」，候診室總是有好多母親和小朋友，等一個多小時才看得到女醫生。兩條長椅子坐滿著病童；有些母親抱著孩子站太長時間，雙手都痲了，只好蹲下來叫孩子坐在膝蓋上；小朋友乘機企圖逃跑，在候診室的地板上亂跑……總而言之，場面相當亂。

這附近有幾家診所。「佐藤醫院」的病人特別多，應該是大夫受歡迎的緣故。頭髮半白的女醫生，為人溫和，令人感到親切，不像一些男醫生不僅嚇壞小朋友，連母親都覺得可怕。

不過，從患者的角度來看，醫生受歡迎不完全是好事。一來等候時間長；二來說不定在候診室染上別人的病。

尤其對小孩子來說，小兒科的候診室是很危險的地方。上次我兒子發燒出皮疹，還沒有治好，又開始拉肚子，女醫生說是「另一種感冒」。我估計是在候診室傳染上的。

為了盡量避免危險，我曾經選診所剛開門的時候，或者快關門的時候，帶兒子去。可是，別人的想法也跟我一樣，無法避開其他病人。歲數稍微大的孩子們，掛了名字以後出去在外面打發時間，到了差不多的時候再回來；顯然，他們的母親認為，候診室的環境跟大冷天相比，對病童的身體更加壞。

「佐藤醫院」雖然有小兒科和內外科兩個診療室，大部分病人都要看小兒科的女醫生。想看男醫生，從來不需要等候的。

有幾次，我生病去看過男醫生。內外科的診療室比小兒科大幾倍，不知因為患者是大人，還是因為醫生是大丈夫。

男醫生的年紀跟他太太差不多，大約五十歲吧。他為人也跟太太一樣溫和。只是，小兒科女醫生的長處移到內外科男醫生身上，結果就不一定是長處了。他簡單地診察一下，之後瞪著眼睛說：「看來不怎麼嚴重，我給妳藥吃，好嗎？」總不能百分之一百地使我心服。沒有特別的原因，只不過是感覺而已。但是我認為，醫生的工作，一半是教人放心。

日本的國民健康保險，病人自己要負擔醫療費的百分之三十加上藥費的百分之三十。如果不去看醫生，每個月的保險費是白付的。可是，去看醫生，也要花一些錢。想來想去，生病時，最好直接去藥房；而非看醫生不可時，才到醫院去。

在日本，看專科醫生不需要家庭醫生的介紹。有人說，得了感冒最好看耳鼻喉科醫生。也有人說，女人身體不好，無論是什麼症狀，都可以去婦產科。

前些時，我腹部感到不舒服。要不要去「佐藤醫院」？男醫生肯定會瞪著眼睛說「看來不怎麼嚴重」了。於是我考慮看婦產科醫生。

附近有我生兒子時候看的婦產科。四十歲左右的男醫生特不愛說話。倘若發現什麼毛病，他不會親口告訴患者，反而打開醫書，指一指該事項叫人自己看。他是幾年前繼承父親開的診所的。在老護士幫助下，日常業務順利進行。但是做他的患者，心中總是有點不安。

這回，我想試別的醫生。正好，離我家不遠的地方，最近開了一家醫院，有婦產科的女醫生。二樓的婦產科候診室沒有人，護士馬上叫我進去。三十幾歲的女醫生，聽了我的症狀，微笑著說：「好像是膀胱炎。先取尿檢查，然後做『內診』吧。」五分鐘以後，她還是微笑著說：「沒有檢查出病菌來。妳的子宮也沒問題。妳說雙腿發麻、感到噁心？膀胱炎也不會有這些症狀呢！」那麼我是裝病不上學的孩子嗎？

我搖著頭出來，心想：還不如「佐藤醫院」，男醫生至少給我藥吃。

育嬰書

《斯波克博士育嬰書》內容很豐富全面，而且沒有說教的味道，令人容易接受。

如今在日本書店，一般買得到三種育嬰書。其中一本是美國人的著作，另外兩本則是日本小兒科醫生寫的。三本都跟辭海一般厚而重。

美國人的著作，就是聞名於世的《斯波克博士育嬰書》（Dr. Spock's Baby and Child Care）。兩位日本醫生為松田道雄和毛利子來。三位權威都是男性。

前些時，我在報紙上連續兩次看到了斯波克博士的名字。第一次是關於他近況的短訊。據報導，斯波克博士現年九十高齡，賣書賺來的很多錢都為反戰以及各種社會運動花掉，目前面臨經濟危機。他情人通過國際網站向老讀者和按照他的育嬰法長大的一代募捐。

第二次是日本學者寫的論文，分析《斯波克博士育嬰書》在美國得到聖經般地位的背景。該論文說，第二次大戰結束後，在美國各大城市的周圍，出現了很多新興郊區，居民大都為第一、第二代的移民，丈夫去工廠上班，妻子則料理家務和養育孩子。那些家庭，甚至整個郊區，都沒有老一輩。以前年輕母親養育孩子時，靠的是老一輩傳授的經驗和知識，這回需要代替老一輩的書本。從這個角度來看，《斯波克博士育嬰書》是美國社會都市化的副產品。

一九六〇年代以後的日本社會經歷了類似的變化，結果《斯波克博士育嬰書》在此間都成了暢銷書。早在明治時代，日本已經有土產的育嬰書，如作家兼教育家羽仁元子寫的《育兒手冊》，初版於明治三十八（一九〇五）年。但是那些育嬰書，主要是教育程度高的少數人看的。大批群眾紛紛要看育嬰書，要等到二戰後日本社會的工業化和都市化。

《斯波克博士育嬰書》正滿足了時代的需求。同時，它也充分發揮了美國實用主義哲學的長處。養育孩子是很複雜的過程，涉及到生理、心理、營養、教育等各方面，而且受歷史文化的影響。斯波克博士把複雜的過程整理為多數簡單的環節，然後列舉人們常面對的問題，而對每一個問題提供具體的解決法。《斯波克博士育嬰書》內容很豐富全面，而且沒有說教的味道，令人容易接受。

然而，它畢竟是美國人寫的書，很多細節不符合日本的現實。例如，斯波克博士主張讓嬰兒單獨在一個房間裡睡覺，即使晚上哭了都不用理會。但是在大部分日本家庭，父母和孩子鋪地褥同睡在一個房間，嬰兒哭了大家都睡不著覺。

松田道雄的《育兒百科》跟斯波克博士來個針鋒相對，說育嬰法首先得符合日本生活的現實，給各家庭帶來和平幸福的就是好辦法。《育兒百科》的記述法跟《斯波克博士育嬰書》不同，是按照月齡寫的，乃孩子成長的一個月合書的一章。這樣的寫法有它的好處，但是所包含的內容遠不如斯波克博士全面。再說，松田的說教味很濃，教人看了膩煩。

有趣的是，批判斯波克博士美國式育嬰法的松田醫生，自己倒深受另一個外國——蘇聯的影響。書中他重複主張讓孩子多鍛鍊身體，不到一歲的乳兒每天都至少要花三個鐘頭在外頭。這是繼承一個蘇聯人的學說的。

毛利子來後來寫的育嬰書，既批判斯波克博士又批判《育兒百科》的內容。具有諷刺意味的是，越批判別人的書，自己獨有的內容越貧乏；對沒看過另一本書的讀者來說，批判的部分是根本沒用的。

去年底（一九九八），松田道雄以八十多歲去世，好多人給報社寄信表示悼念松田醫生，因為他曾告訴大家育嬰應該從每人的現實出發，最理解孩子的不外是母親。毛利醫生仍然很活躍，但他都已經六十多歲了。

由男性醫生當育嬰權威，是斯波克博士開始的。其他人講育嬰問題，即使是養大過幾個孩子的母親，好像不夠科學、不夠專業似的。然而，在毛利子來之後，日本沒有出現新的育嬰權威。如今的年輕母親，對辭海般厚重的育嬰書敬而遠之。她們喜歡看的是漫畫家的作品。石坂啟兼用文章和漫畫報告親身經驗的《小娃娃來了》竟賣了五十萬本。

兒子的記憶

讓兒子吃最貴的，大概是他的自尊心所致，不想教兒子感到自卑。

老公從洗澡間出來，邊用大毛巾擦身體，邊說：「我剛才替寶寶洗澡，忽然記起來，我自己像他那麼小的時候，也一樣赤裸裸地伏在父親大腿上，他用一隻手把我的全身都洗乾淨。」

「你有七個月時候的記憶？」我很吃驚地問他。

「就是剛才忽然記起來的。那應該在大阪市區的公共浴池，我伏在父親大腿上，能看到瓷磚地面，也聽到人們用木桶的聲音迴盪在澡堂內。我注意到了熱水出來的龍頭，很想伸手碰它。父親說：『不行，不行，很熱呢，危險呢！』剛才在洗澡間，想伸手碰熱水龍頭的是寶寶，說『危險』的是我。」

到底是真正的記憶，還是所謂既視感（déjà-vu），是很難說的。小說家三島由紀夫堅持說他記得自己出生時候的場面。可是，一般人的記憶好像都從幼兒園時代開始。

無論如何，自從寶寶出生，老公確實記起來很多小時候的事情。也許因為孩子是男的，他自己又是男的，所以比較容易引發出來多年前在他和父親之間發生的事情。他記起來的場景裡面，總是有父親。

比如說，前幾天吃晚飯時，老公邊吃烤魚邊問我：「在妳家，小時候吃魚是怎樣吃的？在我家，父親幫我們去骨頭。哎，他實在有辦法，秋刀魚也好，沙丁魚也好，他先用筷子按幾下，然後左手拿著魚頭，右手拿著尾巴，一口氣把全部骨頭都抽掉。小時候看著，我還以為他會使魔法。」

我婆婆說，他們生育兒女的年代，公公工作很忙，再說很喜歡喝酒，甚少在家裡照顧孩子們。「難得的星期天，我要他帶孩子們去動物園，他都不肯。只好我自己攜兒帶女去了。」說著，婆婆還在生氣的樣子。

然而，在老公的記憶裡，父親演的角色比母親還重要。對此老公解釋說：「見到父親的機會很少，留下的印象反而更深刻。」

他經常講到小時候跟父親去吃烏冬麵。

「在大阪嘛，街上有很多烏冬麵店。跟父親去散步，走累了，肚子稍微餓了，都要在烏冬麵店休息。當時我有很奇怪的習慣。無論在什麼樣的店家，一定要點在單子上價錢最貴的東西。當然，小孩子不會去高級餐廳，去的不外是烏冬麵店或者冰果店。但即使在平民化的烏冬麵店，最貴的天麩羅烏冬，價錢比最便宜的素烏冬高出一倍。而我呢，一去烏冬麵店就要吃天麩羅烏冬。至於我父親，他每次都吃素烏冬。當時我天真地以為父親是愛吃素烏冬的。長大以後才發覺，當年他是個小公務員，收入不高，凡事要節約，所以自己總是吃最便宜的。可是對我，他從來沒有暴露內幕，從容地讓我吃最貴的。」

老公並不認為父親是嬌養他的。「在生活各方面，他都是很嚴格的父親。讓兒子吃最貴的，大概是他的自尊心所致，不想教兒子感到自卑。」

小時候盡情地吃天麩羅烏冬，對我老公的性格形成影響很大。如今在外頭吃飯，他當然不會自動地點最貴的東西，反而從容地看菜單，冷靜而放鬆地選擇自己最想要的東西。說起來簡單，但並不是每個人都能做到的。比如說我自己，兒時去蕎麵店（東京沒有烏冬麵店，有的是蕎麵店），被允許吃的只有最便宜的三樣東西：即素蕎麵、狸蕎麵（放有炸麵粉）和狐蕎麵（放有炸豆腐）。長大以後自己去蕎麵店，即使在錢包裡有足夠的錢，從來不敢點最貴的天麩羅蕎麵。直到最近，我才受了老公的影響，心平氣和地打開菜單，把曾經拘在下面角落的視線自由地流動，之後選擇自己最想要的東西。老實說，至今，從我嘴裡出來的往往是第二想要的，或者第三想要的。

總之，有過幸福的孩提，才會有美好的回憶。再說，有美麗記憶的人生是幸福的人生。父母對孩子的影響非常大，我想盡量給寶寶留下美好的回憶。

心井·新井

一年工夫

幼兒的記憶跟大人的不同，育嬰中母親的記憶也處於很特殊的狀態。

兒子快要過一歲的生日了。

整整一年以前，我捧著差點兒就爆發的大肚子，等待春天的到來。之前的九個月，我和老公一直互相說：「櫻花盛開的時候，寶貝兒已經在了。」

可是，櫻花真正盛開的時候，我卻一點都沒注意。從醫院一回來，就開始了夜以繼日的餵奶、換尿布、哄娃娃睡覺……開始的一個星期，我整天穿著睡衣，孩子一睡著，我也馬上倒下來，連白天和晚上的分別都不清楚了。

「妳到陽台看一下，外面到處盛開著櫻花。」有一天老公告訴我。那一段時間，他每天替我買菜做飯。我作為沒經驗的母親，心裡好緊張，連一秒鐘都不敢把視線從娃娃身上移開。所以吃的都是簡單的三明治等。哪有心思到陽台賞花？

其實，陽台就在起居室外面，跨過落地窗就到了。也許老公擔心我太集中精神，要讓我放鬆一下，他堅持說：「好漂亮啊，妳看一看。」於是我勉勉強強移開了視線，無可奈何地跨過落地窗。

哎喲！那時的我好比是日本的童話人物浦島太郎。不知不覺之間，時間過去了，季節都變了。外邊真的是春天了，好像空氣中有很多花粉，我不由得打噴嚏。

最近，日本作家林真理子生了小孩。在一篇文章裡，她寫道，記得曾經有個女讀者告訴她，千萬別成為說「生了孩子世界觀都變了」的那種女人。為了不辜負那個讀者的忠告，她聲明不會在文章裡直接講到孩子。而且如她所說，看《週刊文春》上連載的隨筆，好像她的生活一點都沒受小娃娃的影響似的。

怎麼可能呢？因為林真理子意志特別堅強？因為她家裡有保母、傭人？

我平時非常愛看報紙。可是，寶貝兒到來以後，整整一個月，我完全沒看報紙。沒時間、沒體力、沒心思、沒興趣。世上可有什麼事情比我寶貝兒重要、有意思？後來我還是逼自己翻一翻報紙，至少看標題等，因為畢竟不能永遠脫離社會。但是，如果外在條件允許，我當時真想整天都看著寶貝兒的臉。

孩子的成長實在很快。才一年工夫，他長高了三十公分、體重翻兩番了。如今，除非他睡著的時候，很難翻報紙了。不管給他什麼樣的繪本、畫報，他想看的一定是媽媽在看的報紙、書籍。食物也一樣。爸媽餵給他的東西，總是沒有爸媽在吃的東西那麼強烈的吸引力。一歲的孩子都會學舌。我向老公發了半天牢騷以後，忽而發覺兒子喃喃自語的調子跟我發牢騷時一模一樣，真是哭笑不得。

有人說，幼兒的時間是神話裡的時間，跟大人的、世俗的時間不一樣。回想過去的一年，我都陪兒子在神話的時間裡逍遙了一番似的。剛過去的一年跟以前的任何一年都不同，一方面像永遠一般長；另一方面像作夢一般短。也難怪，僅僅一年前還沒有出生的人，現在快要走路了。滿一歲意味著，由嬰兒期進入孩提。從無到有，既是永遠又是瞬間。具體地說，正如幼兒的記憶跟大人的不同，育嬰中母親的記憶也處於很特殊的狀態。剛生下孩子的女人說，已經忘記了陣痛的痛是個什麼樣的痛法。那一定是老天爺好心的安排吧。娃娃夜裡愛哭，媽媽疲倦至極；但是過一天就忘記昨晚的疲倦，也大概是老天爺的安排。否則每一個母親都要病倒，每一個娃娃都得挨餓了。另一方面，由於孩子的變化太大太快，很難對每一個階段有清楚的記憶。看著他快要走路的樣子，記起他剛會爬、剛會坐、剛會翻身的時候都不容易。何況想到他呱呱落地的時候，或者沒出生以前在我肚子裡胎動的時候，又或者他根本沒存在的時候，不能不覺得特別不可思議。

主觀上，照料孩子跟一年前一樣辛苦。可是，事實上，變化還是有的。寫完這篇文章，我要開始準備行李，這將是我們三口子第一次坐飛機去遠方度假。迎接兒子一歲的生日時，南方島嶼已經是夏天了吧。

親子旅行

在那霸，幾乎每個行人都向我兒子揮手、微笑、說話、做鬼臉。

單獨旅行，我去過好多次。兩個人的旅行，我也有些經驗。可是，帶小孩子去旅遊，這倒是第一次。

以前，我住在香港，老公住在東京，我們在兩地之間，每個月至少往返一次。當時，旅行是日常生活的一部分。成田、啟德兩個機場，跟家裡附近的便利店一樣熟悉。但是，自從懷孕，一切都變了。這一年半，我一次也沒有坐飛機。

日本人說「煮詰」，翻成中文，就是「熬乾了」的意思。把鍋一直放在火爐上不動，裡面的湯早晚要開始焦糊。人也一樣。太長時間留在同一個環境裡，整個人都煮濃有點鹹了似的；非得翻動加些清水，否則會「煮詰」。

幸虧兒子滿一歲，斷奶食階段差不多畢業，恰巧老公的工作也告了一段落，於是我們決定三個人去旅遊一趟。

頭一次的親子旅行該去哪裡？三月的東京還相當冷，我一定要去氣候溫暖的地方。那麼，歐洲是不行的，春天還沒到來，反正太遠，小朋友不能坐飛機太長時間吧。還是亞洲好，老公說，小孩子比較受歡迎。我是一直想去印尼婆羅洲的熱帶森林，或者峇里島也好，要麼馬六甲呢？對小朋友太熱了吧，他生了病怎麼辦？而且印尼、馬來西亞都夠遠……

想來想去，帶剛滿一歲的孩子去外國似乎不很容易。我們也考慮過台灣。可是，去了台灣，想做的事情、想去的地方、想見的人、想吃的東西，都會太多。這次旅行，一半的目的是休養。

最後，我們決定去，在日本國土內最偏遠的南方——沖繩。離東京坐飛機兩個半鐘頭，孩子睡個午覺就可以到了。只是，我們住在東京西部，到羽田機場都要將近兩個小時。

雖說是日本國內，沖繩充滿著異國情調。一下飛機，氣溫就比東京高十度，到處都有亞熱帶的樹木，還有既大又紅的各種花朵。再說，沖繩人也跟其他地方的日本人不一樣，他們皮膚稍黑，面孔輪廓特別鮮明。

開始的三天，我們住在中部西岸恩納村的度假飯店。建於海邊，除了白色沙灘外，還具有戶外以及室內游泳池，和溫泉浴池。在外邊水裡養著海豚，孩子們可以一起玩耍。飯店擁有遊艇帆船，以便房客欣賞海景海風。

這樣的飯店，在日本內地是沒有的，在沖繩倒有好幾家，恩納村就是度假飯店集中的地區。三月中旬的工作日，來這裡休假的，一半是年輕女孩子。看樣子二十左右，學生或者學校剛畢業還沒有固定工作的女孩子們，四個人住在一個房間，白天游泳潛水拾珊瑚，晚上到底做什麼，我不得而知。她們也許來尋找浪漫的遭遇，但是這裡幾乎沒有年輕男孩。

跟我們一樣，推著嬰兒車的夫妻卻有一些。「有孩子，能去的地方很有限。」我們互相安慰說，然後彼此問：「你們的孩子，出來以後有胃口嗎？晚上哭不哭？」大人怕「煮詰」，想換環境，孩子反而很難習慣陌生的環境。好在度假飯店地方大，孩子一鬧，就可以推著嬰兒車去散散步；不方便去餐廳吃飯時，也能夠在大房間裡或陽台上吃叫來的東西。

接著，我們去了那霸。沖繩縣最大的都會，人口有三十萬，那霸不像其他日本城市。熱鬧的國際街，到處有沖繩料理店，我看菜單也看不懂。到菜市場逛一逛，賣的食品很多是沖繩獨特的。那霸的金融機構也是本地的，我們找東京三菱、三和銀行的分店，都沒找到。想買報紙，有賣的只是本地發行的《沖繩時報》《琉球新報》，而沒有《朝日》《每日》等。我們所住的沖繩第一飯店，既不是西式又不是日式，在我印象中，最接近台灣的陽明山國際大飯店。

總之，去了沖繩，感覺上很像到了國外。最不同的還是人。在那霸，幾乎每個行人都向我兒子揮手、微笑、說話、做鬼臉，跟冷漠的東京人完全不一樣。小朋友高興得要命。但是，他也許太興奮、太累了，在沖繩的最後一晚發燒，幸好沒那麼嚴重。

【輯4】日本的青空

松田聖子，行！

其實，聖子跟以前的女星最大區別是，她從來不隱瞞自己的野心。

松田聖子真行。這回我都算服了她了。

一個三十六歲，離婚才一年多，有十一歲女兒的女歌星，竟然穿著純白的婚紗，跟一個三十歲，身高一米七八（在日本算很高）、長得模特兒一般英俊，而且一個多月以前剛剛認識的牙科醫生閃電結婚。連當晚七點鐘的NHK新聞節目都不能不報導一下她再婚的消息。這麼厲害的女明星，目前的日本只有松田聖子一個人。

到底松田聖子驚人的地方在哪裡？

自從出道，已經十八年她一直很紅，去年的收入二億四千萬日圓，是在女歌星當中的第一名。同時在醜聞的多寡方面，也沒有人贏得過松田聖子。

報導她再婚的日本雜誌，有的刊登了：松田聖子醜聞戀愛史。一九八一年，跟歌星鄉裕美談起戀愛。八五年一月，發表已跟鄉裕美分手。同年四月，跟影星神田正輝訂婚。同年六月，舉行婚禮。八九年二月，在紐約，跟歌星近藤真彥約會。九四年三月，美國人傑夫・尼古拉斯出版《真實之愛》，暴露與她長達三年的婚外情關係。九七年一月，跟神田正輝離婚。九八年三月，美國人阿倫・里德告發松田聖子對他的性騷擾。

有了那麼多被公開的「過去」，普通的女人不敢再穿上婚紗了，因為受不了別人的冷眼和揶揄。可是，松田聖子離普通女人一萬八千里。她自己召開記者會，在四百多位記者面前，穿著婚紗，掛著笑容，一一回答很多帶著刺兒的問題。說臉皮厚，她的臉皮實在太厚，簡直厚得叫人佩服了。於是，有些評論家以「可怖」一詞來形容松田聖子再婚。她不怕別人會說什麼，結果反而人家怕起她來了。

我跟松田聖子是同一年出生的。以前我對她沒有好感。剛剛出道時候的松田聖子是青春偶像，要裝可愛，態度很做作。主動地接近鄉裕美以後，把他甩掉，不久就跟另一名明星結婚，也似乎表示她對愛情不認真，何況後來不斷地傳出她搞婚外情的消息。

松田聖子本來長得不怎麼漂亮，唱歌唱得也不怎麼樣。當初，喜歡她的主要是年輕小伙子。他們沒有眼光看穿松田聖子的真面目。女孩子卻容易識破她的野心了。其實，聖子跟以前的女星最大區別是，她從來不隱瞞自己的野心。

後來，越來越多女孩子支持松田聖子，是因為她們認同於聖子的生活態度。結了婚，也不放棄工作；生了孩子，還要當偶像；有了丈夫，都繼續談戀愛；整容成為人工美女，去美國發展事業，並跟金髮男人搞上關係……都是普通女人想做卻不敢做的事情，聖子一一替她們實現了。難怪，過去十年，日本女性雜誌談得最多的女星是松田聖子。愛她也好，恨她也好，松田聖子體現了日本女人的欲望。有趣的是，在這同時，男性雜誌對松田聖子的態度，逐漸變得敬而遠之。顯然她嚇死了男同胞。

一般來說，支持松田聖子的，是屬於老百姓階級的女人。至於受過高等教育的職業女性，大都嫌聖子的野心太露骨，給人的印象很下流。尤其是女性主義者往往批評她總是離不開男人。這次聖子再婚，有個女心理學家在《朝日新聞》上分析她的心理說，「看來未能克服幼兒期跟父母分離時所感到的不安。」好像心理健全的女人是不要結婚似的。

我覺得松田聖子真行。她已經不是態度做作的年輕女孩，而是對自己的欲望很老實的中年女人了。妖豔地笑著，讓人在嘴裡嘟囔說「可怖」。到了這個地步，一個女人沒有什麼要怕的了。她在前景不明朗的世紀末，給廣大日本女人以勇氣。

女低音

今天的年輕女孩，多半是女低音；她們說話的語氣，跟男孩子幾乎沒兩樣了。

最近一個星期天，日本有國會議員選舉。當天晚上，我打開電視機。在七個無線台當中，有五個在實況報導開票結果。其中兩、三個台的主播都是女性。

時代不同了，日本也變了。

若在二十年前，這種「硬派」節目，全是由男性主持的。那個年代，雖然也有女播音員，但她們的主要工作是坐在男性主播旁邊，笑一笑，點點頭。作為電子花瓶，她們一定年輕漂亮，而且聲音很高，故此常常被比成黃鶯。

如今的女主播可不同。她們的年紀有四十上下，再說都是女低音。

其實，那些女播音員，例如田丸美壽壽、安藤優子、小宮悅子，十幾年前出道時，聲音已經比較低。後來，她們的地位越高，聲音反而越低。報導嚴肅新聞，或者做評論，黃鶯般的女高音是不合適的。

日本女性的聲音越來越低，不僅是在電視上的現象。社會上也有同樣的變化。一方面，高地位低聲音的職業女性多起來了。另一方面，今天的年輕女孩，多半是女低音；再說，她們說話的語氣，跟男孩子幾乎沒兩樣了。

本來在日本，男性講的話和女性講的話，簡直是兩個方言一般。雖然互相聽得懂，卻不會互相模仿，因為跨越語言上的性別是忌諱。娘娘腔的男人只屬於新宿二丁目的男扮女酒吧；日本祝英台只在寶塚歌劇團的舞台上看得見。

記得十多年前的大學時代，我認識一些從歐美國家來的留學生，其中一兩個人，會說非常流利的日本話。不過，日本人一聽他們說話就不由得臉紅起來；因為那些洋男孩講的日語是屬於年輕女孩子的日語，而且聽他們黏黏的口氣，明顯是在很親密的個人來往中學到的。

不管是什麼語言，最好跟自己的同性學習。尤其學日語的時候，搞錯性別，非出洋相不可。我最近看過的一本書，是嫁給日本人並住在東京的美國女人寫的。在家裡，她跟女兒講日語。只是，她說話時模仿日本丈夫的腔調。結果，年輕媽媽教導女兒變成老頭子大罵閨女。

在世界很多地方，男性口語和女性口語都有區別。但是在日本，兩者之間的差別非常大，一個原因是日語有「敬語」。

學過日語的人都知道，「敬語」其實有三套：分別表示「禮貌」「尊敬」以及「謙讓」。用何種語言說話，視彼此的關係而定。

關係決定語言；但同時，語言也決定關係。過去在日本，孩子對父母、學生對老師，或者部下對上司說話時，一定要用「敬語」。而一旦用起「敬語」，就無法有平等的對話，更不可能由前者來批評後者。

糟糕的是，語言以及地位的不平等，在兩性之間也存在。不少日本男人，跟女人講話時，自然地以很隨便的語調開口。這樣一來，女人只好用「敬語」答話，而且這個時候，她的聲音恐怕高得像黃鶯。

你也許覺得奇怪，男人以隨便的語調開口，為什麼女人不能同樣以隨便的語調答話。這是因為，在日本文化裡，本來就沒有「平等」這回事。當一個人以「由上而下」的語調說話時，對方只好接受相對劣等的地位，除非想故意惹事。日常生活又不是文化大革命，誰想為了改變文化環境而每天惹麻煩？

如今的年輕女孩，至少跟同代人說話時，用的語氣跟男孩子沒兩樣，也沒有黃鶯般的高音，雖然挨保守人士的批評，我卻認為是一種進步。高音好聽、「敬語」順耳，但是實在不自由了。

有趣的是，聲音的高低和相對地位的高低之間有對應關係。

前幾天，我帶四個月大的兒子去保健中心接受體格檢查。在會場，除了一大批小娃娃以外，有很多母親和不少女護士。因為互相不認識，大家用「禮貌」級的「敬語」說話，而聲音是比較高的。那時，我忽然聽到一個女低音，以男人般的語調，問我兒子的身體怎麼樣。原來，她是個醫生，無意中用語氣讓大夥知道，她的地位是最高的。

雙重名牌

掛著雙重名牌跟岳父母一起住，做女婿的不能講面子了。

在東京郊外的小巷裡散散步，我發現有些房子掛著雙重名牌：例如「鈴木·田中」「佐藤·高橋」，是以前很少看到的。

如果在市中心，公寓大樓裡的小單位門口掛有那樣的牌子，裡邊住的大概是比較年輕的一對男女，要麼沒結婚而同居，或者結婚以後夫妻保持著不同的姓。

雖然日本民法至今要求夫妻用同一個姓，但是實際上越來越多職業女性婚後仍用娘家的姓為通稱，也有人為了避免改姓的麻煩乾脆不登記結婚。

可是，郊外的大房子，恐怕是一家幾口人住的。有兩個姓的一家人，他們之間的關係究竟是什麼樣？

我家隔壁的房子，剛搬進來時就掛上了一張雙重名牌。仔細觀察，裡邊住著一家三代六口人：六十多歲的父母親，三十多歲的女兒以及女婿，和兩個幼小的孩子。

既然掛著雙重名牌，女婿應該不是入了贅的。但是在家裡，他好像很沒有地位。

比如說，晚上和週末，我經常看到他穿著短褲站在家門口外抽菸，顯然是太太和岳父母不准他在家裡抽菸的緣故。這些年頭，不准在室內抽菸還可以理解。但是我知道，隔壁的大房子有兩個陽台。連在陽台上都不可以抽菸，而非得走出家門口才能點上菸，簡直跟罰站一般，給鄰居看到了很不好看。

可是，掛著雙重名牌跟岳父母一起住，做女婿的不能講面子了。除了抽菸時罰站以外，一到週末他就自己提著籃子到超級市場買菜去。我並不認為男人去買菜有什麼不對。不過，隔壁的女婿平時穿著筆挺的西裝上班去，應該是有點本事、社會上也有點地位的人。只是在太太和岳父母面前，他似乎惟有聽從命令的分兒。街坊都知道他跟岳父母一起住，而且太太和她母親都是沒有工作的家庭主婦。在這個情況下，每逢週末穿著短褲拎著菜籃去買蔥啊蘿蔔啊，自然令人稍微同情。

掛有雙重名牌的房子，一般都是跟我家隔壁一樣，年老的父母親和結過婚的女兒一起住的。日本的房子很昂貴，年輕的兩口子很少買得起，跟父母親一起住，則能減輕經濟上的負擔。再說，父母親衰老時，家裡有人照顧。日文所謂的「二世代住宅」對大家都有利……除了女婿以外。

日本是父系社會，以前年老的父母親是跟大兒子的家庭一起住的。在大家庭裡，做兒媳婦的很沒有地位，婆媳矛盾往往很厲害。於是到了二戰後的民主主義時代，很多年輕夫妻拒絕跟父母親一起住，反而組成了核心家庭。那是我父母親，也是隔壁的老先生老太太一代人。

後來他們自己的年紀大了，還是想跟孩子、孫子一起住，但也不想鬧婆媳矛盾。那時候，不知誰想到的好辦法，就是跟女兒的家庭一起住，換句話說是日本社會母系化的開始。

我父母有三個兒子，其中我哥哥和大弟弟已經成了家。幾年前，當妹妹結婚，最後離開父母家時，他們曾考慮過讓一個兒子帶妻子和小孩一起回來住。然而結果沒談成，最大的原因還是婆媳關係搞不好。

後來，我有一次回老家發現，門口掛起雙重名牌，另一個姓是妹夫的。當時他剛調職到外地的分公司去，我妹妹為在東京繼續工作，帶兒子搬回娘家了。至今一年半，妹夫除了每個月回來看妻子小孩以外，每逢節日我父母去旅行時，都陪妹妹看家，也照看我父母的狗。恐怕在外人看來，他也是很沒有地位的女婿了。

大脚女人

在人們眼裡，大腳女人才是笨蛋，
小腳男人則是傻瓜。

日本有句俗話說「馬鹿大腳，間拔小腳」。

「馬鹿」是笨蛋，「間拔」是傻瓜。腳大腳小，好像都不是好事。實際上，在人們眼裡，大腳女人才是笨蛋，小腳男人則是傻瓜。雖然日本從來沒有過纏足的習慣，大夥兒還是喜歡女人的小腳。

我從小有一雙大腳，是遺傳來的；我母親的腳比我還大些。

二十四半、三十九號，以國際標準來看，並不算特別大。可是，我母親年輕的時候，日本很少有賣那麼大的女用鞋。結果，她被迫穿男人的鞋子，自尊心嚴重地受傷害了。因為女孩子穿著男人的大鞋子，等於向全世界宣傳，自己是個「馬鹿」女人。

在我長大的時代，商店裡已經有賣二十四半的鞋子了。可是，從小重複地聽「馬鹿大腳，間拔小腳」，我不肯承認自己的雙腳真有那麼大，於是硬買二十四公分的鞋子勉強地穿上。沒過兩天，腳後跟被鞋磨破，在白色棉襪後邊出現像日本國旗般的鮮紅血印。

我二十五歲移民去加拿大，最高興的是，在高大的洋人群裡，我變成「小」女人。過去，我嫌自己太高、太胖、腳太大。但是大小這件事，永遠是相對的。在北美大陸，五英尺三英寸、一百三十英磅的身材算比較矮小。至於我的「馬鹿」腳，竟有個洋男人感嘆地說：「我的天，她的腳這麼小！」

後來，我搬去香港。剛開始，我習慣性地買「S」號的衣服。奇怪，穿不上。環視四周矮小的香港人，我才明白，原來加拿大的「S」號是香港的「L」號，甚至「XL」號。

雖說衣服是只要合身就行的，尺碼又只不過是標記，但是我敢斷言，全世界沒有一個女人會高高興興地穿「XL」號衣服。

為了保持心理平衡，在香港買衣服，我盡量去英資百貨公司。那裡賣的商品都是由英美進口的，尺碼自然也是英美的，很多衣服對我太大了。試穿後，照著鏡子說「這件都太大了」，我感到非常舒心。

幸虧，那家英資百貨公司也有賣鞋子。雖然種類不多，但是貨真價實。最重要的還是尺碼問題。即使在香港分店，我買中等的就可以。偶爾拿著大碼的高跟鞋，誇大其詞地說：「喔！竟有人穿這麼大的鞋子！」不亦樂乎。對於香港街上的很多鞋店，我都敬而遠之、視而不見。既然人家擺的是給三寸金蓮套上的小鞋子，我何必自找煩惱去？

去年夏天搬回東京時，我還以為，如今日本有的是個子高大的年輕女孩了，按道理，個子大腳也大，我買鞋子不會像以前那麼困難吧。

然而，現實卻沒有我想像得那麼美好。我去百貨公司看鞋子，擺的都是二十三半的。鼓起勇氣問售貨員：「有沒有二十四半的？」她去倉庫找一下回來說：「對不起，已經賣光了，現在最大的是二十四公分的，要不要試穿看看？」

二十四公分的鞋子，我勉強穿得上。可是，如果買回去穿，不過兩天腳後跟要被鞋磨破，在襪子後面出現兩面日本國旗了。豈不是重演噩夢了嗎？

「那麼，我替妳向其他分店打聽吧。這個款式剛上市不久，應該有庫存的。」售貨員說。可是，幾天以後她打電話過來連聲道歉說：「我問了所有的分店以及廠家，都已經賣光了。」堂堂經濟大國日本，連稍微大的女用鞋都沒有得賣，難怪如今零售業很不景氣。人家想買東西也沒有得賣嘛！

原來，年輕人穿的流行鞋和老太太穿的健康鞋才有很多大碼的。中間年齡的人穿的鞋子，雖然也生產二十四半的，但是產量不多，很快就賣光。把我當「馬鹿」，還是什麼？

去百貨公司買鞋子，不僅浪費時間，而且自尊心受傷害。後來我改去銀座華盛頓鞋店總號；那裡遠一些，但有很多義大利進口的鞋子。叫售貨員拿來三十九號的皮鞋，試穿著說：「好像太大了點。」心情才舒暢。

青春的新宿

新宿也有另一個面貌，是文化人所選擇的鬧區。

我是土生土長的東京人，小時候住在新宿區。中學時代看電影、大學時候跟男朋友約會，都是在新宿。

東京是巨大的城市，向來有好幾個鬧區。例如，高級的銀座、時髦瀟灑的青山、外國人集中的六本木、年輕人的原宿，還有澀谷、池袋，等等、等等。

其中，新宿的特點是什麼？

很多人對新宿的印象都圍繞著歌舞伎町，也就是日本最大的紅燈區。不過，新宿也有另一個面貌，是文化人所選擇的鬧區。

一九六〇年代，新宿曾有家咖啡館，其常客很多是前衛派的詩人、畫家等，已故作家森瑤子，在散文裡多次描述大學時代的她如何受了那些藝術家的影響。一九七〇年代，新宿火車站廣場成了嬉皮士大學生的解放區。我當時是個小學生，偶爾被大人帶去新宿，經過火車站廣場時，看到好多好多男女學生，都留著長頭髮，穿著破爛的牛仔褲，邊彈吉他邊大聲唱反戰歌。

一九八〇年代初，我剛上大學的時候，新宿黃金街吸引很多作家、導演等。那裡有無數家小小的酒館，每家只能容納七、八個人。媽媽桑是詩人、小姐是話劇演員、靠櫃台喝酒的醉漢是出版社的編輯或者影評人。大家都好死摳道理，一開始討論問題，很快就發展成激烈的爭論，越談越激動，到了最後非動手不可。

當時的新宿黃金街故事特別多。可惜，我太年輕資格淺，除非有年長的友人給我帶路，否則沒辦法去（用「帶路」一詞並不是比喻；黃金街像迷宮，有很多隘巷小路，極容易在裡邊迷失）。幸虧，有那麼幾次有人帶我去了。其中一次是中文學校的老師和前輩，當時分別為五十幾、四十幾、三十幾歲的三個女性，向二十出頭的年輕女孩進行教育；在一家小酒館喝了很多酒以後，讓我在街上站著唱〈華沙勞動歌〉。

除了晚上，我白天也常去新宿。很長時間，我跟朋友們約會，都在新宿紀伊國屋書店的門口。見了面再商量去哪裡坐一坐，結果去的往往是設在書店二樓的紅茶店。有一年，我跟幾個朋友編同人雜誌，每次開會，都在那家紅茶店。我們一坐就是兩、三個鐘頭；紅茶早已喝完了或者涼了。夥計很客氣地開口問：「能不能再點什麼呢？」

關於新宿的回憶真是沒完沒了。我二十四歲出第一本書的時候，每星期在新宿的爵士樂咖啡館跟編輯見面交一些稿。現在很難相信，但僅僅十餘年前，電腦和傳真機還沒有普及，做什麼都要見面談談。而我見人，幾乎都在新宿。

後來我出國，每一、兩年才回日本一次。正逢泡沫經濟時期，東京的變化非常大。在短短的幾年裡，新宿有了好幾棟摩天大樓，其中最威風的就是東京都廳舍（首都政府辦公樓）。

這樣一來，老東京都不認得東京了。我回國見朋友，一定在老地方如新宿紀伊國書店門口，否則會迷路找不到。書店二樓的紅茶店沒有了。可是，過街在對面，盲目詩人愛羅先珂曾寄宿過的中村屋，或者賣高級水果的高野，都還在老地方營業。

那麼長時間，新宿是我選擇的鬧區，對我來說新宿是都會生活的代名詞。住在多倫多皇后街、香港灣仔，我都幻視新宿街頭。

可是，上個星期去新宿，我只待了兩個鐘頭；辦完了事，馬上要離開。到底變的是新宿？還是我自己？大概我們都變了。反正，對現在的我來說，新宿太雜亂，人也太多，其中最可怕的是抽著菸溜達溜達的年輕人。菸頭碰了小娃娃可怎麼辦？

對。我現在是推著嬰兒車行走的母親，而不再是酩酊大醉躺在馬路上打鼾的大學生。我現在唱的是搖籃曲，而不再是〈華沙勞動歌〉。總之，我很高興曾有過酷愛新宿的青春期，也很樂意把青春的新宿讓給今天的年輕人。

關於書

書跟人是一樣的，雖然內容最重要，
外表以及「感覺」都不可忽視。

日本出版界，每年出現七萬多種新書。

一年七萬多種，每天兩百多種。不僅誰都不可能看那麼多書，而且連大書店也沒有地方擺那麼多書。

於是，各出版社派工作人員到全國各地的大小書店，為的是給自己公司出版的書籍占多一點地方。

還是很多書占不到地方；作者花幾個月時間完成的書，根本見不到潛在的讀者。

即使占到了一個角落，能留在書店架子上的時間很有限。幾天內賣不出去，就得給新書讓地方。

之後呢？當成廢紙，切毀處理。慘！

雖然書的種類越來越多，總銷量卻是連續幾年都下降的。行家說，有閱讀習慣的日本人越來越少。如今經濟不景氣，人家更不想花錢買書。從普通讀者的角度來看，買書比過去困難得多了。

今天，很多小書店再也不賣一般書籍了，反而專門賣雜誌、漫畫和少數暢銷書。

日本出版界有各方面的兩極分化。大部分書的銷量少於五千本；一些暢銷作家的書，卻一出就賣幾十萬本。結果，每家書店都要賣那幾種書。平時，出版社向書店叩頭。這個時候，兩者的地位反轉。書店請求出版社早一點、多一點進貨，以便早一點、多一點賺錢。

有些書店賣那一類的書，簡直跟夏天賣西瓜一樣，擺著一堆又一堆地。可是，附近恐怕也有一些書店進貨很慢，因而失去了賺大筆錢的機會。

如果你想買的不是超級暢銷書，那麼非得有從前社會主義國家消費者般的覺悟：一看到就買，否則說不定沒有下一次機會買了。

前些時，我在報紙上看到了一本新書的廣告。作者是有名的，出版社是中等規模的。我以為，不久就可以在家裡附近的書店看到。結果，等了好久都碰不到。我去稍遠的一家大書店，還是沒有。我開始懷疑是否自己作了夢。廣告只登了一次，而且在各報刊的書評欄目都沒有人提及那本書。

以前，有點分量的書問世，勢必有人在報紙、雜誌上討論。現在，可不一樣了。一來書的種類太多，很多書得不到注意；二來知識越來越專業化，專業的書，由專業人士介紹，有少數專業讀者看（這種書的價錢非常貴）。一些暢銷書，在電視上有很多人談，結果群眾讀者去買（這種書的價錢比較便宜）。位於中間的文學作品，現在幾乎沒有人談了，也很少有人看了（於是價錢也相當貴了）。

二十年前，稍微有文化的日本人都看《朝日新聞》《週刊文春》等的書評欄目。當時所評論的書，大部分是針對於一般讀者的文學作品，雖然也包括專業性較高的社會科學、人文科學著作。那是大家仍有「共同語言」的時代。如今很不同。文學作品越來越沒有地位；大夥兒都沒有共同的興趣、共同的語言了。日本也沒有相當於《紐約書評報》《倫敦書評報》《泰晤士文學副刊》等有水平的書評報。愛看書的人只能越來越孤立。

至於我「作夢」的那本書，後來我在一家不大不小的書店看到了一本。可惜，那時候我的興趣早已過去，結果沒買。

是的，買書「時機」很重要。於是，在報刊上看廣告或書評發生興趣，我馬上去找一找。只是，太多時候，書店裡沒有賣。這是新書太多的緣故。我想看的書，一般都不能在東京郊區的中型書店占一個角落。

有些愛看書的人已經放棄了逛書店的習慣。他們反而打開電腦，在網上找書、訂書。我自己也許思想落後，想先看現貨，翻一翻、摸一摸，然後才買。書跟人是一樣的，雖然內容最重要，外表以及「感覺」都不可忽視。

我最近決定每個月定期去一趟神田神保町逛書店街。那裡大書店集中，亦有專業書店和很多舊書店，不必擔心找不到想買的書。

英語哀歌

學會英語最大的好處，是能夠克服對於白種人的畏懼，或者做為黃種人的自卑感。

我曾經在加拿大住過六年半。當初，因為不懂英語，常常覺得委屈。在北美的移民國家，不懂英語的外國人自動被視為二等人類。過去在家鄉受了什麼樣的教育，有過什麼樣的經驗，都不算數。若不會用英語明確地表達出來，人家把你當作低能兒。

我學會英語，是在加拿大待了兩年九個月以後的事情。當時，我在多倫多懷爾遜理工學院讀新聞學。有一天在課堂上，我忽然發覺，老師講的每一個詞兒，我都聽得很清楚；他說的每一句話，我都聽明白。好像霧散之後陽光射出來一般，從此我成為會操英語的人。

會說英語，生活各方面都方便得多了，不僅在加拿大而且在世界很多地方。再說，會看英文書，能接觸到的知識範圍也擴大。英語畢竟是當前的國際語言。

不過，對我來說，學會英語最大的好處，是能夠克服對於白種人的畏懼，或者作為黃種人的自卑感。

以前看個子高大的白種人彼此用英語談笑風生，我總覺得，他們談的內容一定很高尚。可是，自己參加了那些會話，我發現，講英語的也有各種各樣的人，不一定都有文化，也不一定都懂幽默。

我徹底失去了對英語的憧憬，是後來住在香港的時候。在英國殖民地香港，以英語能力為基礎的階級分化非常明顯。如今回歸中國，香港人仍然要把孩子送到英文學校去。母語教育，在世界很多地方是人們要爭取的權利；在香港，倒遭大家的拒絕。

英語本來只是一種語言。它卻有了高人一等的地位，不外是講英語的英美人在國際社會擁有了巨大的政治權力的緣故。

去年夏天，我搬回日本。眼看國人對英語的憧憬，我心中真不是滋味。

東京每一個火車站附近都有好幾家英語學校。不僅大人小孩，連老人嬰兒都要學習英語，為的是成為國際人。

可悲的是，那些學校，無論上了幾年都學不會英語的。效果恰恰相反。日本人越學英語，越學不會英語。

到底是什麼道理？

日本人學習英語的目的，其實不是要掌握一門外語，而是要作「有一天成為國際人」的夢。學習語言，在幾年內集中下工夫才會有效。好多年一直學英語，在一點一點增加關於單詞、語法的知識的同時，亦加強「英語很難學會」這樣的信念。

本來對白種人有自卑感，所以要學英語。後來因為學不會英語，更加感到自卑。

我父母和公公婆婆，每次見面都要談談最近去過哪些國家旅遊。談完各地的名勝古蹟、風俗人情以後，他們一定說：「如果會說英語的話，肯定會更好玩。」

他們是六十多歲的老人家，年輕時候沒有條件也沒有機會去國外。如今有錢參加旅行團，但是沒有能力自由旅行。外國的一切，對他們來說，是看得到但摸不到的風景。

所以，他們希望自己的兒孫學會英語，也許是理所當然的事情。可是，每次公公跟我說：「妳在家裡跟孩子說英語好了。這樣子，他自然地學會英語。」我都裝沒聽見。一方面，我從自己的經驗知道，外語是長大以後學習也來得及的；另一方面，我不要下意識地把自卑感灌輸給我兒子，我要他成長為有自尊心的人。

最近，我們全家人開車去郊外做小旅行。在車上，有一個親戚放的ＣＤ，是英語童謠集。什麼「倫敦橋」了、「老麥當勞」了、「划划划船」了，一首接一首。最後聽到「米奇老鼠俱樂部」，我才知道那張ＣＤ是迪士尼公司的。

親戚放英語歌的ＣＤ，為的是讓他十個月大的孩子聽。可是，小朋友連日語都還不會說，對外國童謠一點也沒有興趣。

在車上的大人們，聽了英語歌就緊張起來，因為他們不懂英語，但是不想讓人知道連童謠都不懂。於是大家往窗戶外看著哼調子，既滑稽又悲哀！

銀色哥倫布

大部分日本老人沒有條件在國外生活。他們不會外語，辦簡單的事情都會很困難。

十幾年前的事了，日本厚生省（衛生部）有個官員想出來了一項很奇妙的政策，叫做「銀色哥倫布計畫」。

按照計畫，日本政府要斡旋退休人士移民去西班牙、葡萄牙、澳大利亞等國家。當時銀行利率相當高，拿了一筆退休金的老年人，每月領取利息和養老金在海外度晚年，經濟上不用擔憂。外國的房子既大又便宜，若選擇氣候溫暖的地方定居，可就是理想的退休生活了。

其實，官員想出「銀色哥倫布計畫」的真正理由是：日本的房子既小又貴，很多人花盡退休金都買不起；再說，物價也太貴，光靠利息和養老金，說不定連起碼的生活費都不夠。

給厚生省點名的那些國家很反感。難道日本政府不要制定有效的老人政策，反而仗著經濟實力，要把問題出口到國外來？說穿了，「銀色哥倫布計畫」就是老人輸出計畫。

儘管如此，當時在傳媒和世間，很多人熱心地談「銀色哥倫布計畫」。日本人對西方國家有憧憬。尤其是老年人，辛辛苦苦地工作了一輩子，在自己的國家連像樣的房子都買不起，一聽說他們的退休金不僅買得起海外好大的「洋房」，而且夠一輩子花，就覺得如入夢境一般。

厚生省的計畫遭外國政府的反對，後來沒有實現。再說，絕大部分日本老人也沒有條件在國外生活。他們不會外語，辦簡單的事情都會很困難，更何況生病或有意外的時候。

然而，還是有少數一些退休人士自己設法移民去海外了。我同學的父母P先生夫妻就是其中之一。

P伯父曾在日本一家電視台工作了好多年，常有機會去國外，對西方的語言文化比較熟悉。過了五十歲，工作不怎麼忙了，他便開始去各地尋找晚年的好住地。最後選擇的是葡萄牙首都里斯本郊外的小鎮，靠著大西洋，氣候溫暖，有豐富的海產，景觀很像他們原來住的東京郊外江之島。

一九九二年的春天，我去葡萄牙探訪過他們。那是他們移民後的第三年，夫妻倆年紀剛過了六十歲，身體很健康，對當地生活很滿意，也常去歐洲各地旅行。

「這是我們的第二個青春，要盡情享受了。過八年十年，身體不行了，再考慮要不要回去。」當時他們說。

可是，沒過幾年，情況大有所變了。留在日本的獨生女、我的同學，做了單身媽媽。P先生夫妻思想很開放，讓女兒走自己的路，但對孫女兒卻依戀得很，除了每兩週寄禮物，還要經常回國看她成長。

P先生夫妻移民去葡萄牙的時候，沒賣掉在日本的房子，先租給別人住，後來女兒帶孩子搬回來了。他們的房子好大，有四房三廳，本來三世同堂都不成問題。只是，平時做主人的獨生女很不習慣父母一回來就要聽他們的指揮。

她說，父母早已退休，回到日本都沒事幹，她自己卻要工作也要照顧小孩，父母在家裡打轉，已經夠礙眼。何況，父母認為房子是自己的，做裝修或砍院子裡的樹，都不跟她打招呼。

她沒有明說，但我估計，最大的問題是請朋友不方便。做單身女人，自然有不便告訴父母的私生活。然而做父母的，對這種事情永遠很不敏感。

總之，P先生夫妻和獨生女的感情越來越彆扭。兩年前的春天，他們回國時，女兒開口說：「今年聖誕節，你們不用回來，因為我要跟朋友們過。」P先生苦著臉問她：「妳以為這個房子是誰的？」女兒回答道：「是當初你們自願移民去的，頻頻回來打擾我的生活幹什麼？說真的，我工作、照顧小孩、料理家務，已經筋疲力盡，沒辦法再照料你們。爸媽如果生病，最好在葡萄牙住院，我有時帶女兒去探望。」

P先生寄來的聖誕卡，以前都落款「P在鮮花盛開的里斯本」。最近的一張卻只寫「P於葡萄牙」。我擔心他已經沒心思欣賞異鄉的花兒了。

高級中餐

難道惟獨高級中餐館的顧客不受經濟蕭條的影響，於是老闆們能維持超國際水準的價錢？

最近去銀座買東西，下午在一丁目的德國餐廳吃煙腸漢堡等，也喝了大杯生啤酒。我和老公都酒足飯飽，結帳時付五千多日圓（約合新台幣一千五百元），我覺得滿合理。

經濟蕭條也有好處；如今日本物價很穩定，有些東西更是越來越便宜。倘在十年前的泡沫經濟時期，去像樣的餐廳吃一頓飯，至少要一個人五千日圓。這些日子，我和老公去吃天麩羅、鰻魚、高級蕎麵條等，包括酒費在內，價錢一般不超過五、六千日圓，也就是十年前的一半，感覺上有如回到了二十年前。

從德國餐廳出來，高高興興地在銀座大街上往地鐵站溜達溜達。沿途有的是服裝店、皮貨店、鞋店，也有好多甜品店以及各種餐廳。在日本，最受歡迎的外國菜向來是中國菜，銀座大街的中餐館可也不少。

一家中餐館的牌子特別誘人。店鋪是在地下的，看不到，只看見樓梯上的塑膠牌子和掛在旁邊的菜單。走過去仔細看，原來是好幾十年前創業的老字號。在銀座那麼長時間生存下來，應該是很有水準的吧。

「我們下次試這一家，好不好？」我問老公。

「妳看了價錢沒有？」老公馬上反問。

菜單上主要介紹套餐：有四千五百元、七千元、一萬元的三種。我習慣性地細看最便宜的一種：腰果雞丁、麻婆豆腐等四種菜，加上蛋花湯和杏仁豆腐。沒什麼特別，但也可以試一試吧，說不定人家手藝很好。

「那是一份兒的價錢。」老公說。

「什麼意思？」

「一個人四千五，兩個人就是九千塊了，再加上啤酒、紹興酒，至少要一萬五。」他說。

日本人做的事情實在奇怪，有時候連我這個日本人都不明白。西菜套餐當然是一份一份算的；中餐的四菜一湯，我以為是給兩三個人吃的一小桌。

「不是，不是。在日本，中菜套餐也是一份一份算的，只是我的菜和妳的菜都盛在同一盤上。」

不包括鮑魚、燕窩、魚翅等，竟然賣得這麼貴，日本的中國菜肯定是全世界最貴的。花一樣的錢，能去一次德國餐廳和一次義大利餐廳，回家的路上在法國甜品店歇一會兒，吃巧克力蛋糕喝咖啡，都還有得找呢！

令我更加吃驚的是，銀座大街的中國餐廳，幾乎每家都那麼貴。這些年頭，日本人集體勒緊腰包，迫使商人減低價格。難道惟獨高級中餐館的顧客不受經濟蕭條的影響，於是老闆們能維持超國際水準的價錢？

我想起了三十年前的事情。對我父母來說，高級中菜館的價錢當時也太貴。我們平常去的是家裡附近的拉麵館。幾個月一次，父親帶我們去銀座名為「萬壽苑」的中餐館，不是在大街上，而是在小巷裡老大廈的二樓。好不容易去了「萬壽苑」，父母不敢叫套餐，也不敢叫炒菜，倒點一人一份炒麵、湯麵、炒飯等。孩子們還是很高興，因為「萬壽苑」的燒賣特別大，而且父母給我們點拉麵館所沒有的玉米湯，多香！

有一天，我在表妹家玩耍，晚上跟她家人一起出去吃飯了。至今記得清清楚楚，我們去的是位於新宿的東京大飯店。喔，我從來沒去過那麼大、那麼豪華的餐廳。至於那晚上桌的各種炒菜，我當然沒吃過也沒看過，連想像都沒想像過。當姑母問我：「好吃嗎？」我都不知道該怎樣回答，因為實在太感動了。給我留下最深刻印象的是青豆蝦仁；多麼漂亮、多麼好吃、多麼奢侈。在我們家，連青豆都不是經常吃得到的，更何況那麼多的蝦仁！

後來，家境好轉，有一次父母帶我們去一家高級中餐館。那次叫的好像是最便宜的套餐，也恐怕相當貴。可悲的是，大家吃不慣。弟弟妹妹沒吃到燒賣、玉米湯，很不滿意。因為分量少，父母親沒吃飽。結帳出來以後，他們都默默不語。對了，那家中餐館也在銀座，就是在地鐵站旁邊。

兩次春節

正因為自己的日子過得也很不如意，我開始想辦法對付厄運了。

我曾在台灣度過兩次春節。那是一九九五年和九六年的事情。現在回想，那一段時間可說是我人生的轉折點。迎接九五年春節時，我的運氣差到極點，好比在於山谷底下；過了九六年春節，一切都突然開始好轉了。

奇妙的是，我的個人經驗正符合古老的預言。據日本習俗，虛歲三十三是女人的「厄年」，前後三年叫做「前厄」「本厄」「後厄」，都不會有好事。九五年春節，我由「本厄」進入了「後厄」；到九六年春節，長達三年的厄運方過去了。

你也許認為我很迷信。但是，從九三年開始，我的不少同學都特別倒楣了。有的生病、有的出事故、有的失戀、有的失業。我當時自個兒住在多倫多，深夜接到老同學打來的長途電話，知道朋友們個個走背運，心中很不安。

「可怎麼辦？」我恐慌地問她。

「有兩件事情可以做。首先，妳得去神社祓一祓。然後，『方違』一下也不錯。」

「什麼叫『方違』呢？」

「用現代日語，就是搬家或者長途旅行吧。我自己剛放假去泰國回來的。」同學說。

如果我當時的日子過得幸福，聽朋友們倒楣都不必恐慌。正因為自己的日子過得也很不如意，我開始想辦法對付厄運了。

經過幾番考慮，我決定離開住了六年半的加拿大，一九九四年春天，遠路搬到香港去了。中途，我在東京停留了三個星期，除了跟朋友們見面互相鼓勵以外，也沒有忘記去老家附近的神社祓一祓。

多倫多和香港之間，時差有十二個鐘頭，距離好遠。可是，我「方違」

的效果並不好。無論是工作還是私生活，都很不如意，問題多多。

九五年的春節前，有個老同事從東京打來電話。她不久就要結婚，邀請我參加喜宴。我回去祝賀她，一方面想沾喜氣；另一方面認為，多一次旅行就是多一次「方違」，說不定成為運氣的轉機。出於同一條思路，我決定歸途在台北停留三天。

在我印象裡，那是個特別寒冷的冬天。在東京，好多人都感冒。我參加老同事的喜宴，坐在旁邊的人一直不停地咳嗽。當天晚上，我就發高燒了。在東京的幾天，我原來打算跟妹妹一起去泡溫泉。結果，我只好借她的保險卡去看醫生，之後躺在家中休養。

大年初一，我由羽田機場搭乘華航班機飛往台北時，還沒有退燒。以前，我只去過一次台灣，也是好多年前的事情。我在台北人生地不熟。但是在一般的情況下，自個兒到陌生的大城市，尋找歡樂並不困難。

只是那一次，我身體很差，心情更差。而且沒想到，台北的冬天跟東京一樣冷。我住在忠孝東路的龍普大飯店。從大門一出來上街，就怕冷，直接進斜對面的咖啡館；喝完了咖啡，又怕冷，馬上坐計程車去三溫暖。整整三天在台北，我除了飯店房間，只到過咖啡館、三溫暖和書店，根本沒有觀光，也幾乎沒有跟任何人說話。

過一年又到台北時，我的運氣也許已經開始好轉了。這回，我為一份日本雜誌去台灣採訪，事先跟一些人聯繫好了。抵達機場，有朋友開車來接我，並給我介紹很多當地人和當地事物。一個新認識的女朋友，過年時帶我回彰化老家，讓我接觸到台灣人的風俗習慣，也收到她父親給的紅包。

九六年的冬天，其實也很冷，但我的心很暖和。大年初三，我自己坐火車先回台北，當時心裡想，長達三年的厄運該過去了，可以放心了。台北有人等著我，是個日本同行。我和他，三個星期以前在香港認識，這回恰巧同時來台北出差，住的正好是同一家飯店。

我們一起去萬華龍山寺拜年。兩個人抽籤，都抽到上上籤，不由得相視而笑。那個同行，一年以後成了我老公。我們應該去龍山寺向觀世音菩薩好好報告一番。

河童頭

我的頭所需要的，恐怕不是藝術家而是個匠人。

開美容院，看來是很賺錢的生意。離我家到火車站，走路大約四分鐘，才三百米左右，馬路兩邊的美容院卻不下於十家。當日本經濟蕭條之際，還沒有一家倒閉關門，也沒有一家提供減價服務。

有那麼多美容院，找個合意的美容師，按道理應該易如反掌。實際上，很難很難。並不是因為我對美容師的要求太多太高的緣故。恰恰相反。我的要求過於簡單，只要她（他）把我的頭髮剪好就行。再說，我的髮型也簡單得不能再簡單，十年如一日的劉海兒，也就是日本人所說的「河童頭」。

稍微有經驗的美容師，理我的頭髮，大概只需要十多分鐘。倘若斯時宣告工作完畢，我一定會覺得很滿意。然而，幾乎每一個美容師，都要進一步發揮自己的本領，把我的頭髮剪成更時髦、更有個性、更能使美容師滿意的樣子。結果，我搖著頭從美容院走出來，喃喃自語道：嗨！連這麼簡單的髮型都做不好！

也許美容師覺得，在一個顧客頭上只花十分鐘時間實在太短，不敢要規定的價錢，於是再花點時間表示自己不怠工。或是也許美容師作為專業人士，都充滿著進取心和創造欲，面對簡單的「河童頭」，非做改良不可。

我的頭所需要的，恐怕不是藝術家而是個匠人。以前住在香港的時候，家裡附近有家上海理髮店，附設女賓部。那裡的師傅很多是幾十年前由上海南下的，手藝可靠，卻感覺已落後於時代。「河童頭」，換句話說是「懷舊頭」，上海理髮店剛健質樸的風格也很合我的口味，因此我連續幾次去那裡剪頭髮。

由於我比絕對多數顧客年輕，每次為我服務的，也是店裡最年輕的美容師，乃剛從浙江省移居香港不久的小伙子。一開始，他的態度很拘束，但是剪出來的「河童頭」令我很滿意。漸漸地，他放鬆起來，跟我也混熟，同時開始在我的頭上自由發揮自己的創造性。

我估計，有些美容師認為熟客的頭髮屬於自己。雖然長在人家的腦袋上，那兒只是借來的田地，收割是自己的權利。

後來在香港，我改去維多利亞公園附近，日本人開的美容院。沒有了不同語言文化的障礙，開始的幾次，我成功地表達了自己的要求，其實是簡單得不能再簡單的「河童頭」。漸漸地，我跟那個中年女性美容師混熟了。這樣一來，我不用告訴她什麼，只要坐下來打打招呼，之後頭都不抬地看雜誌，過些時候照鏡子，就看見修剪過的「河童頭」。

我以為她是個安分守己的美容師，或許是年紀較大，為人圓通，不必顯示自己的本領吧。

未料，她對自己的手藝感到驕傲，久而久之，開始認為惟獨她一個人有資格剪我的頭髮。有一次，我有事回東京順便剪了頭髮。過一兩個月，再去維多利亞公園旁邊的美容院時，那個美容師皺著眉頭責問我：「唷！到底誰碰了妳的頭呢？我知道，妳是去日本剪的。這樣的剪法，我一看就認得出來。可惜，妳平時在香港住，氣候跟東京不一樣，香港有符合此間氣候的剪法呢。妳這樣子亂來怎麼行？」很顯然，我讓日本的美容師剪頭髮，嚴重地得罪了她。

我搬回東京，將近一年半了。可是還沒有找到合意的美容師，雖然家裡附近有的是美容院，我已經試過其中幾家。我對美容師的要求實在很少，除了剪個「河童頭」以外，最好什麼都不用做，而這個「什麼」是包括「閒談」在內的。

我去美容院，並不是為了跟美容師交朋友。當她（他）剪頭髮的時候，我最好閉眼打瞌睡，或者翻翻雜誌。然而，太多美容師認為閒談是他們工作的一部分，於是，邊剪頭髮邊問：「妳近來忙嗎？」「今晚有什麼計畫？」「休假去哪裡？」等等、等等、等等。

最近一次我去的美容院，年輕的師傅把「河童頭」剪得可以。只是，最後他問我：「妳喜歡這樣的髮型，是不是性格有所懶惰的緣故？」住口！

延伸閱讀：走再遠，終究要回家

《旅行，是為了找到回家的路》

特別企劃 新井一二三 X 米果對談
東京 VS. 台北跨城對談→如愛的旅行，無法放棄……

走再遠，終究要回到家，
否則，我們不是旅行，而是自我放逐了……
新井一二三說，人生最重要的一些事情，都是在一個人旅行的路途上學到的。

本來，世界只是東京都新宿區的小巷；
過一條大久保通的小馬路，就是大冒險。
二十歲的夏天，站在北京火車站，一班通往莫斯科的列車，
可以到柏林、巴黎、羅馬、倫敦、阿姆斯特丹……世界越來越大，越來越寬廣。
這是一場尋找世界入口的成年禮，為了進入世界，人必須離開家，
旅行磨練的真諦不在於去了哪裡，而在於找到自己人生的一條路。
新井一二三學習在旅途上丟掉自己的孤獨與眼淚，
來到中年行走，很多事情可以放棄，但偏偏對旅行不肯死心！
舊地重遊十七年後的香港，少了臭味多了錢味，世界變化太快；
東京換了新地標，同一條路的風景竟然變得很不一樣；
尋找第一個出現在日本教科書上的西方人，南蠻情結是一場世界性的歷史劇……

國家圖書館出版品預行編目資料

心井・新井：東京 1998 私小說 / 新井一二三著 .
——二版——臺北市：大田，2018.02

面；公分 . ——（美麗田 ; 020）

ISBN 978-986-179-515-7（平裝）

861.67 106022041

美麗田 020

心井・新井：東京 1998 私小說

新井一二三◎著

出版者：大田出版有限公司
台北市 10445 中山北路二段 26 巷 2 號 2 樓
E-mail：titan3@ms22.hinet.net http：//www.titan3.com.tw
編輯部專線：（02）2562-1383 傳真：（02）2581-8761
【如果您對本書或本出版公司有任何意見，歡迎來電】

總編輯：莊培園
副總編輯：蔡鳳儀 執行編輯：陳顗如
行銷企劃：古家瑄 / 董芸
內文美術設計：陳佩琦
封面美術設計：蔡南昇
校對：金文蕙 / 新井一二三
法律顧問：陳思成

總經銷：知己圖書股份有限公司
106 台北市大安區辛亥路一段 30 號 9 樓
TEL：02-23672044 / 23672047 FAX：02-23635741
407 台中市西屯區工業 30 路 1 號 1 樓
TEL：04-23595819 FAX：04-23595493
E-mail：service@morningstar.com.tw
網路書店 http://www.morningstar.com.tw
讀者專線：04-23595819 # 230
郵政劃撥：15060393（知己圖書股份有限公司）
印刷：上好印刷股份有限公司

一版初刷：1998 年 09 月 30 日
二版一刷：2018 年 02 月 01 日 定價：260 元
國際書碼：978-986-179-515-7 CIP：861.67/106022041

From：
地址：

廣　告　回　信
台北郵局登記證
台北廣字第01764號

平　信

To：台北市 10445 中山區中山北路二段 26 巷 2 號 2 樓
大田出版有限公司　／**編輯部　收**
電話：（02）25621383　傳真：（02）25818761
E-mail：titan3@ms22.hinet.net

意想不到的驚喜小禮等著你！

只要在回函卡背面留下正確的姓名、
E-mail和聯絡地址，並寄回大田出版社，
就有機會得到意想不到的驚喜小禮！
得獎名單每雙月10日，
將公布於大田出版粉絲專頁、
「編輯病」部落格，
請密切注意！

編輯病部落格

大田出版

大田出版 讀者回函

姓　　名：________________

性　　別：□男 □女

生　　日：西元______年______月______日

聯絡電話：________________

E-mail：________________

聯絡地址：________________

____

教育程度：□國小 □國中 □高中職 □五專 □大專院校 □大學 □碩士 □博士

職　　業：□學生 □軍公教 □服務業 □金融業 □傳播業 □製造業

□自由業 □農漁牧 □家管□退休 □業務 □ SOHO 族

□其他 ________________

本書書名：0701020 心井・新井

你從哪裡得知本書消息？

□實體書店 ______ □網路書店 ______ □大田 FB 粉絲專頁

□大田電子報 或編輯病部落格 □朋友推薦 □雜誌 □報紙 □喜歡的作家推薦

當初是被本書的什麼部分吸引？

□價格便宜 □內容 □喜歡本書作者 □贈品 □包裝 □設計 □文案

□其他 ________________

閱讀嗜好或興趣

□文學 / 小說 □社科 / 史哲 □健康 / 醫療 □科普 □自然 □寵物 □旅遊

□生活 / 娛樂 □心理 / 勵志 □宗教 / 命理 □設計 / 生活雜藝 □財經 / 商管

□語言 / 學習 □親子 / 童書 □圖文 / 插畫 □兩性 / 情慾

□其他 ________________

請寫下對本書的建議：

※ 填寫本回函，代表您接受大田出版不定期提供您出版相關資訊，
大田出版編輯部 感謝您！